PICKWICK

DIEGO GALDINO

IL PRIMO CAFFÈ DEL MATTINO

Sperling & Kupfer

www.pickwicklibri.com
www.sperling.it

Il primo caffè del mattino
di Diego Galdino

ISBN 978-88-6836-114-3

I edizione Pickwick febbraio 2014

Anno 2014-2015-2016 - Edizione 4 5 6 7 8 9 10 11

A Nonna Landa,
Giuseppe Selvaggi e Francesco Vinci

Indice

Parte seconda

Prologo

Mia cara,

non posso dirti quel che sarà e non posso chiederti di capire.

Posso però provare a spiegarti perché ho preso questa decisione. Ci sono momenti nei quali è necessario un sacrificio. So che tu non mi abbandoneresti mai e proprio per questo devo andarmene, per permetterti di vivere una vita migliore. Con me non saresti mai libera, senza di me lo sarai.

Lo so che ho promesso che avrei vegliato su di te ma puoi stare certa che non ti perderò di vista nemmeno per un istante.

Non ho rimpianti perché so che malgrado tutto continueremo a stare insieme e saremo ancora invincibili come il tè nero alle rose.

Non ti dico addio perché sarò sempre al tuo fianco.

M.

PARTE PRIMA

1

L'ultimo viaggio

C'ERA un silenzio irreale per la quantità di gente. Ognuno misurava le parole, i gesti e persino i sospiri.

Solo il muratore si muoveva rapido: un piccolo strato di malta, un mattone e così via fino a comporre una fila, poi con lo scalpello spezzava l'ultimo mattone per renderlo della dimensione giusta e con la cazzuola rimuoveva il materiale in eccesso.

Mai muratore fu osservato tanto intensamente, quasi fosse il sacerdote dell'ultima cerimonia.

In pochi minuti la bara sparì dalla vista e il loculo fu chiuso del tutto. Per la lapide definitiva bisognava aspettare ancora un po', ma bastava quella paretina a segnare un deciso confine tra il mondo di qua e quello di là.

Qual è il senso? si domandava Massimo. I soliti interrogativi di fronte alla morte, che a raccontarli sembrano banali, ma al momento giusto ti esplodono nella testa e ti proiettano in un mondo buio pesto, senza nemmeno un punto di riferimento (era per questo che Massimo di notte si teneva accesa una di quelle lucine che si infilano nella presa: non era paura del buio, era paura di perdersi).

Quelli delle pompe funebri se ne andarono, Massimo li salutò borbottando qualcosa di incomprensibile a cui loro risposero borbottando qualcosa di altrettanto incomprensibile.

La piccola folla pietrificata si mise lentamente in moto. A uno a uno si avvicinavano alla tomba, abbracciavano Massimo e s'incamminavano sul viale di ghiaia.

Naturalmente oltre che amici erano tutti frequentatori abituali del bar *Tiberi*.

«Se ne vanno sempre i migliori», fece Tonino il meccanico (caffè lungo).

«Eh già, e a noi ce tocca resta'!» continuò Pino il parrucchiere (caffè al vetro).

Anche Luigi il falegname (caffè corretto sambuca) aveva da dire la sua: «Il femore, mannaggia allui! Come la mia povera mamma, riposi in pace».

Via via passarono Lino (caffè al ginseng) con l'inseparabile cane Junior, Alfredo il fornaio (caffè al vetro schiumato), Gino il macellaio (caffè al vetro macchiato caldo) e Rina la fioraia (caffè al vetro con bicchiere d'acqua).

Dario (caffè ristrettissimo in tazza bollente), che aiutava Massimo al bar, chiuse la processione. «Ti aspetto alla macchina», disse, lui che con le formalità non ci sapeva troppo fare.

«Sì», gli rispose Massimo, che fino ad allora si era limitato a ricambiare le pacche ricevute, «ah, e di' a tutti di venire stasera prima dell'orario di chiusura: beviamo qualcosa alla sua!»

Massimo si inginocchiò davanti alla tomba della signora Maria e sfiorò con una mano il basamento di marmo.

Chiuse gli occhi e vagò nel passato in cerca di ricordi: erano così tanti che per gustarseli non gli sarebbe bastata l'intera giornata.

Così provò a sceglierne uno e il primo che gli venne in mente fu il matrimonio di sua sorella Carlotta.

La signora Maria s'era fatta tanti di quei pianti che il Tevere a momenti straripava. Lei stessa, universalmente riconosciuta come miglior sarta di Trastevere e dintorni, aveva confezionato l'abito da sposa. Ma già al momento dell'ultima prova aveva versato tutte le sue lacrime. Anzi, proprio tutte non si può dire, perché ne aveva in serbo una quantità infinita anche per inondare la chiesa di Santa Maria in Trastevere, il ristorante del banchetto e il marciapiede lì fuori, quando gli sposi erano partiti per la luna di miele.

Figurarsi quando poi, di lì a poco, Carlotta s'era trasferita in Canada al seguito del marito, ricercatore universitario, che aveva ricevuto la classica offerta che non si può rifiutare.

Insomma, la fiera del pianto...

Ma, a piangere, Massimo proprio non ci riusciva, perché era un uomo e una forza misteriosa gli impediva di lasciarsi andare, eppure avrebbe volentieri restituito ognuna di quelle lacrime alla signora Maria, perché se c'era una che se lo meritava era proprio lei, quella donnina paffuta, allegra e generosa, semplice e affettuosa.

Riaprì gli occhi e pensò a Carlotta che non era potuta venire al funerale. Non la vedeva da dicembre, quando il marito si era stranamente liberato dal lavoro per una settimana e lei l'aveva convinto a trascorrere il Natale a casa.

Al telefono, due giorni prima, tra un singhiozzo e l'altro gli aveva promesso che entro la fine dell'estate avrebbe lasciato il marito alle sue ricerche e sarebbe volata a Roma per trascorrere con il fratello almeno due settimane.

Massimo si fece il segno della croce, portò una mano alla bocca e poi sfiorò la tomba per lasciare lì il suo bacio.

Si diresse verso il cancello del cimitero. Ma dopo pochi metri si ricordò di una cosa e tornò sui propri passi.

«Che stupido! Ecco qua la tua tazzina preferita, amica mia», disse sottovoce, dopo aver controllato con la coda dell'occhio che non ci fosse gente nei paraggi.

La lucidò con la manica prima di deporla accanto al cactus portato da Lino che serviva, così gli avevano detto, a proteggersi dai campi magnetici dei telefonini (cosa che in altri momenti gli sarebbe costata infinite prese in giro, ma non ora e non qui).

Sulla tazzina sbeccata c'erano la scritta PARIS e i disegni stilizzati della Torre Eiffel e dell'Arco di trionfo.

Faceva parte della serie speciale che Massimo aveva progettato (non disegnato, per carità, con il disegno non ci sapeva fare) per la signora Maria poco tempo prima.

Come aveva detto Luigi il falegname, la rottura del femore è la madre di tutte le disgrazie. Nel caso della signora Maria non era chiaro se il femore si fosse rotto per la caduta o se la caduta fosse stata causata dalla rottura del femore, fatto sta che tra l'operazione, la riabilitazione, i lunghi giorni nel letto di ospedale, era tornata a casa in condizioni che definire precarie era essere ottimisti.

Ma il suo sorriso non era mai venuto meno.

Era piuttosto chiaro che dal suo appartamento, terzo piano senza ascensore, non sarebbe uscita tanto facilmente, anche se lei ci aveva scherzato sopra: «Certo, sarà dura rinunciare ai miei viaggetti all'estero!» riferendosi al fatto che non si era quasi mai mossa da Roma in vita sua.

Massimo allora aveva ordinato al suo fornitore una serie di tazzine con i disegni e i nomi delle più importanti località turistiche del mondo.

Il giorno che gli erano arrivate era felice come un bambino. Aveva scartato l'involucro di plastica e aspettato con impazienza il momento di portare il consueto caffè alla signora Maria. Però non era riuscito a resistere e si era presentato con un quarto d'ora d'anticipo; per fortuna lei aveva già finito di mangiare, altrimenti quel primo caffè speciale sarebbe stato un fallimento, perché la signora Maria, il caffè, amava berlo bollente.

«Guarda dove ti porto oggi!» E le porse la tazzina di Barcellona, con un quadro di Miró.

«Grazie, caro. Sono emozioni un po' forti per la mia età, speriamo che il cuore regga!» disse sorridendo.

«Ma certo che regge: è una città stupenda, c'è l'aria di mare che sale dalle Ramblas, il museo Picasso, le case di Gaudí...»

«Ah, che bellezza», fece lei con gli occhi socchiusi, «tutto questo senza muovermi da casa e senza il rischio di essere scippata! Grazie, Massimo, fatti abbracciare! Però niente corrida eh? Quella mi fa senso!»

«Ovvio, Maria, niente corrida. A parte che dovrebbero

proprio proibirla, quella cosa là. No, per te solo tapas e passeggiate. E magari una salitina alla Sagrada Familia. E, comunque, ricordati che questo è solo l'inizio. Da oggi in poi, tieni sempre la valigia pronta!»

Ogni giorno un viaggio diverso. Massimo metteva insieme quei due o tre luoghi comuni sulla città in questione e si facevano qualche risata. Poi la signora Maria restituiva la tazzina e il giovane barista a malincuore se ne tornava in postazione.

C'è sempre troppa fretta, pensava ogni volta, poco tempo per chi ne ha bisogno.

Poi fu il turno di Parigi. Doveva essere una località come un'altra, ma quella volta la signora Maria rimase più del solito a contemplare la tazzina con un sorriso enigmatico. C'era qualcosa nel suo sguardo che colpì Massimo. Non la aveva mai sentita così lontana e pensierosa.

Quando l'anziana signora fece per riconsegnare la tazzina al suo giovane amico, per qualche istante restò così, ferma con la mano tremante sospesa a mezz'aria, come se stesse pensando a qualcosa di accaduto molto, molto tempo prima.

Lo guardò negli occhi, poi, come se ci avesse ripensato, si riportò la tazzina al petto, all'altezza del cuore.

«Ah, Parigi! Quanto mi piacerebbe poterci andare...» disse con un sospiro. Raccolse il cucchiaino e lo picchiettò sulla ceramica come per verificarne la qualità o qualcosa di simile. «Questa è decisamente la mia preferita! Bravo il mio Mino... sai sempre come farmi felice!» esclamò poi, sforzandosi di sembrare allegra come al solito.

«Eh, lo dico sempre io: le vie del caffè sono infinite!» fece lui.

Ma lei non sorrise, aveva ancora quello sguardo pensieroso come perso nel vuoto. Poi cominciò con quella sua voce calma e piena di sfumature che a Massimo ricordava una scogliera (ma non avrebbe saputo spiegare il motivo, forse per l'alternanza tra asperità e dolcezza): «C'era questa mia cugina, la chiamavamo Teresina anche perché era piccola. Era molto più giovane di me, ma eravamo inseparabili. Era quasi una figlia per me. Poi un bel giorno, bello per modo di dire, mi annunciò che aveva sentito da suo padre che si sarebbero dovuti trasferire a Parigi. Ricordo che sapevamo che doveva partire, ma ignoravamo quando, come o perché e a me sembrava così ingiusto che nessuno avesse chiesto il nostro parere. In quel periodo non ci staccavamo mai, facevamo sempre tutto insieme. E noi tutti, bambini, ci illudevamo che sarebbe stato così per sempre. Continuavo a ripetermi che non era possibile, che doveva avere sentito male e non avevo il coraggio di chiedere spiegazioni a mio padre né a suo padre, mio zio. Alla fine sono partiti davvero e io mi sono ritrovata sola. Non feci niente per trattenere Teresa e non ho fatto niente nemmeno più tardi, negli anni successivi. Forse dentro di me avevo paura che si fosse completamente dimenticata di me, e non lo avrei sopportato. Fantasticavo sulla sua nuova vita in quella città esotica e misteriosa, con una lingua diversa che io non conoscevo... ma chissà perché non ho mai pensato che in fondo avrei potuto anche cercarla, mandarle un segnale». Si voltò verso Massimo, poi subito distolse lo sguardo. «Se solo avessi saputo... se avessi saputo...» disse, quasi a se stessa, in un sussurro.

In quel momento, la tazzina parigina le cadde dalla mano che leggermente tremava ancora, spezzando il silenzio che era venuto a crearsi.

«Che disastro...» disse lei. «Ho anche rotto la tazzina. Le mie colpe mi seguono ancora!»

Massimo la raccolse: «Ma che dici? Si è solo sbeccata, direi quasi che ora è più bella, ha quel tocco di vita vissuta che prima le mancava!»

Lei sorrise e sospirò: «Sei sempre tanto caro tu, mi metti di buonumore. Adesso però dovrai tornare al lavoro, ma fammi una promessa: quando, in vita tua, penserai che qualcosa è davvero importante, promettimi che andrai fino in fondo, che lotterai e combatterai, e non lascerai il dubbio e la paura decidere per te. Altrimenti ti condannerai a una vita di rimpianti. Non so se capisci cosa intendo... me lo prometti?»

Massimo annuì e prima di andare via l'abbracciò, bagnandosi le guance delle sue lacrime.

Mentre si allontanava dalla tomba, Massimo ripensò a quelle parole: *le mie colpe mi seguono ancora!* Che colpe poteva avere una creatura così gentile? Una persona che non avrebbe calpestato un'aiuola o gettato una carta per terra nemmeno sotto tortura, una donna sensibile e rispettosa, una che aveva vissuto sottovoce per poter ascoltare meglio le esigenze degli altri? Forse avrebbe dovuto chiederglielo, quel giorno: e lei gli avrebbe confessato chissà quale innocente distrazione ingigantita dagli anni! Invece non le aveva chiesto nulla.

A ogni modo era finita. E qualsiasi peccato avesse commesso, di sicuro era già stata perdonata e ora stava sulla via per il paradiso (uno prima di andarci si prenderà pure la soddisfazione di fare un salto al proprio funerale, no?).

Massimo era talmente stanco che aveva voglia di tornare subito al lavoro. Sì, perché la chiacchiera da bar è la più potente medicina contro la tristezza.

Salì sulla macchina di Dario. Con lui non c'era nemmeno bisogno di parlare: se la signora Maria era la sua seconda mamma, il signor Dario era di certo il suo secondo papà, e poi era uno che sapeva stare allo scherzo, ma capiva alla perfezione quand'era il momento di tacere. Massimo lo guardò e sorrise. Se non fosse stato un uomo, e per di più al volante, lo avrebbe abbracciato. In giornate come questa un abbraccio fa sempre bene.

2

Anche i preti potranno sposarsi

UN'ALTRA sveglia che si accumula sulle precedenti, chi le conta più, ormai? E se un giorno decidessi di girarmi dall'altra parte e rimettermi a dormire? pensò Massimo. Invece si affrettò ad alzarsi per vincere ogni tentazione. In realtà, superato il trauma, gli piaceva quel momento, gli sembrava di osservare il mondo da un palco privilegiato, quando tutti gli altri dormono. Che poi a ben vedere questa è solo un'idea di chi effettivamente dorme, ma andate a farvi un giro alle quattro e mezzo del mattino in un giorno feriale: rimarrete sorpresi da quanta gente è già all'opera. A quest'ora poi i rumori sono più vivi e la realtà sembra disposta a rivelare i propri segreti. Così la vedeva Massimo: era convinto che alle prime luci del mattino certi significati nascosti fossero lì a portata di mano.

Erano passati più di dieci giorni dal funerale della signora Maria eppure lui non aveva perso l'abitudine di guardare verso le sue finestre ogni volta che apriva o chiudeva il bar e la vista di quelle persiane chiuse in qualche modo lo sorprendeva tutte le volte. Gli faceva una strana impressione: era come se la signora Maria morisse di nuovo ogni giorno.

Massimo diede un colpo alla saracinesca che si sbloccò cigolando più del solito: Qualcuno qui ha bisogno di una bella mano di grasso, si disse con il consueto affetto che riservava a tutti gli oggetti e arredi del bar come fossero dei cari amici silenziosi.

Salutò la foto in bianco e nero dei due baristi poggiata dietro il bancone di legno con la parte superiore in acciaio. Si vedevano lo stesso bancone, gli stessi ripiani e le bottiglie nelle stesse identiche posizioni di oggi. Le bottiglie avevano forme ed etichette dal sapore antico, e infatti alcune erano lì dalla notte dei tempi, conservate a scopo ornamentale sulle mensole più alte. La parete di fondo, però, all'epoca della foto era ricoperta da una carta da parati che negli anni aveva lasciato il posto a una serie di specchi che davano ampiezza al locale, oltre a permettere di tenere meglio sotto controllo la situazione.

Non c'era cliente che, guardando quella foto anni Settanta, non avesse domandato almeno in una occasione se quel ragazzino in gilet bianco e cravattino nero fosse lui. Massimo ogni volta sorrideva perché quello era suo padre, ma in effetti si assomigliavano come due gocce d'acqua.

Ogni mattina si fermava un istante a guardarlo negli occhi. Dopodiché, c'era il passaggio obbligato de *I Nottambuli* di Hopper: quel quadro si sposava così bene con questi momenti ai margini della giornata e gli riservava sempre un istante di contemplazione mattutina. Di riproduzioni di quadri ne aveva parecchie, soprattutto in casa, ma questo aveva scelto di tenerlo al bar a mischiare il suo senso di solitudine al chiasso dei clienti chiacchieroni. E anche lui in fondo sentiva di avere in sé un'anima solitaria e malinconica unita a una più allegra e leggera.

Ma tutti questi discorsi non poteva certo farli con Antonio l'idraulico (decaffeinato lungo), quasi sempre la prima persona che entrava nel bar.

E andava sempre più o meno così: lui se ne stava lì a sistemare le cose con la serranda mezza chiusa (o mezza aperta, a seconda dei punti di vista) e dopo qualche minuto sentiva un rumore di ferraglia. Novanta su cento era Antonio che picchiava sulla saracinesca.

«Apro alle cinque e mezzo!» non mancava di sottolineare Massimo.

«Sì, lo so, ma qui fa un freddo che la metà basta», replicava.

Oppure faceva un caldo che la metà bastava. Oppure tirava un vento che la metà bastava. Insomma, c'era sempre qualcosa che la metà bastava per cui Massimo era costretto a farlo entrare e a preparargli il suo bel decaffeinato lungo.

La verità era che Antonio l'idraulico soffriva d'insonnia, ma non lo voleva ammettere.

«Stanotte ce stava 'n gatto in amore che continuava a miagola', li mortacci sua, so' stato dalle due alle quattro a rigirarmi, poi so' uscito a prende' 'na boccata d'aria. Quello poi s'era azzittito, ma chi s'addormenta più ormai?»

Il bello di Antonio (che non era esattamente il bell'Antonio) era che ogni volta raccontava per filo e per segno gli orari delle proprie nottate snocciolando con zelo i vari motivi che l'avevano tenuto sveglio.

Un po' come quelli che parlano nel dettaglio dei propri sintomi fisici (di solito riconducibili a un'unica grande patologia: l'ipocondria) credendo che l'interlocutore non abbia altri interessi nella vita. una cosa, anche questa, che Antonio amava *moltissimo* fare.

Immancabilmente, durante i suoi monologhi (Massimo, con tutto il bene che gli voleva, a quell'ora tendeva a risparmiare il fiato dovendo tirare fino alle otto di sera, possibilmente ancora vivo) entravano i netturbini, verso la fine del turno, e gli dicevano in coro: «Ma pigliarte 'na pastiglia?!»

Come tutte le persone prive di senso dell'umorismo, il povero Antonio era vittima di grandi prese per i fondelli, ma per sua fortuna non se ne rendeva nemmeno conto oppure abbozzava e faceva finta di niente, mettendo su un'imperscrutabile faccia da poker.

Ma più che altro, era che proprio non c'arrivava.

Per esempio, quella volta che aveva dato la colpa della nottataccia al gocciolio di un rubinetto, una voce si era levata prontamente dal coro dei netturbini: «Ma devi da esse' un idraulico coi fiocchi... che, me lo dai un biglietto?»

«Certo, ecco qua. Puoi chiamarmi a qualsiasi ora», aveva risposto lui porgendogli il cartoncino con il nome e il numero di telefono, in mezzo alle risate generali.

Di solito Massimo si limitava ad annuire e intanto, seduto sullo sgabello, cercava di fare il punto della situazione. Può sembrare facile, ma se mandi avanti un bar frequentato (e se non è frequentato non lo mandi avanti), di momenti tranquilli ce ne sono pochi, ed è proprio allora che i pochi avventori presenti tendono a prenderti come il proprio confessore. Risultato: non stacchi mai, nemmeno un secondo.

Però gli piaceva: era come essere a teatro senza dover pagare l'ingresso.

Quella mattina, mentre Antonio e il coro dei netturbini (entrambi presentatisi prima del solito) si neutralizzavano a vicenda, Massimo controllò la pressione della macchina del caffè (che rimaneva accesa anche la notte, altrimenti ci voleva mezz'ora per rimetterla a regime), azionò il tutto per spurgare e scaldare i filtri, accese lo scaldatazze, preparò il primo caffè della giornata e, come vuole la tradizione, lo buttò via, poi ne fece un altro per sé: «Scusate ragazzi, ma il primo è sempre mio: non fosse altro che per controllare che venga bene. D'altra parte io ufficialmente apro tra mezz'ora, non so se mi spiego».

«Te spieghi, te spieghi, non te preoccupa', tanto qui l'esperto di felini ce sta a racconta' la vita sessuale di tutti i gatti del quartiere... s'ammazza il tempo come si può.»

«Ma vatti a fidare di quello che dice il dormiglione. Qui c'è solo un'esperta in materia: la gattara.»

«Seee, ma ce vai tu a parla' co' quella! Me sembra 'na strega!»

Massimo li lasciò dire e preparò la schiera di caffè, poi uscì ad apparecchiare i tavolini all'aperto.

Gli cadde lo sguardo sul vaso con i pitosfori: anche uno come lui, che di piante non ne sapeva molto (Rina la fioraia l'aveva definito pollice nero), non poteva fare a meno di notare che stavano messi davvero male. *Devo rimetterli in sesto prima che venga Carlotta, se mai verrà.*

Era stata sua sorella infatti a insistere perché mettesse qualche pianta lì fuori. Gli tornò in mente la telefonata della sera prima con il Canada: come sempre lei gli aveva fatto domande insistenti sulla sua vita sentimentale e poi era partita con l'immancabile ramanzina (gli stessi discorsi che gli faceva sempre sua madre, buonanima, ora li faceva lei, come se le fosse stato passato il testimone).

«Ma io mi chiedo: com'è 'sto fatto che non ti trovi una brava ragazza? Eppure dicono che ci sono più donne che uomini al mondo. E, se devo dire, di uomini come te ce ne sono ancora meno.»

«Troppo gentile, ma forse da quella distanza non mi vedi bene», aveva risposto lui.

«Come no? Sei belloccio come pochi e questo lo sai benissimo anche tu. Anzi, forse è proprio lì il problema: se vuoi divertirti un po' non hai certo difficoltà quindi non t'impegni a coltivare relazioni più serie. Ma ascolta la tua sorellina: questi anni passano e quello che ti dà una persona a fianco non te lo dà nessuno.»

«Ma certo! È solo che non ho ancora trovato quella giusta...»

«E sì che sei un ragazzo da sposare: t'avrei sposato io se non fossi mio fratello! Così non avrei dovuto venire oltreoceano e, bella tranquilla, me ne sarei stata lì a darti una mano.»

«Ah, Carlotta mia, lo sai anche tu qual è il problema! Non è che non la trovo o non la voglio trovare. La verità è che il barista è come un prete: un barista non può appartenere a una persona sola, perché un barista è di tutti.»

«Ma che c'entra, e papà allora?»

«E dài, erano altri tempi, altre donne. Adesso il mondo è diverso. Dài, lasciamo stare questi discorsi: stai sicura che quando trovo quella da sposare, chiudo una settimana e vengo subito lì a presentartela!»

«Così è come dire che non succederà mai... da quanti anni hai preso in mano il bar?»

«Quindici. E tre mesi, per l'esattezza.»

«E quanti giorni di lavoro hai saltato?»

«Ah, risposta facilissima: zero!»

«E allora? Quando mai chiuderai una settimana?»

«Quando i preti potranno sposarsi!»

«Eh, campa cavallo...»

«Ok, dài, ci vediamo, fratellino. E trovati una ragazza, mi raccomando.»

«Va bene. Salutami Luigi e digli di non scervellarsi troppo che fa male... ma quand'è che gli danno il premio Nobel?»

«E piantala di scherzare, dài, che poi se la prende!»

«Ah è lì con te? Digli che non si può avere tutto, c'è a chi tocca il bello e a chi tocca il cervello.»

«Adesso inventi pure proverbi?»

«Sta scritto sulla mia carta d'identità. Professione: inventore di proverbi. Ora è il momento di salutarci prima di dire cose di cui in seguito potremmo vergognarci...»

Negli ultimi tempi si erano sentiti spesso, avevano parlato della signora Maria, ma puntualmente veniva fuori l'argomento fidanzata. Argomento di cui anche la signora Maria si preoccupava in continuazione. Sembrava che non avessero altro pensiero che vederlo sistemato.

Massimo fu riportato alla realtà dal profumo delizioso dei cornetti che invadeva l'aria, si spandeva per la piazza e le vie intorno, ed entrava dalle finestre lasciate aperte per cogliere il fresco della notte. Franco il pasticciere, puntuale, lo salutò con un cenno e scaricarono insieme i grossi vassoi con le brioches.

Era un giorno d'estate come tanti, e la timida brezza dell'alba funzionava a difesa dall'afa e dalla calura più o meno come la seconda edizione della linea Maginot: inutile e aggirata dal nemico senza nemmeno sgualcirsi la divisa.

E alle sette, quando il signor Dario entrò nel bar *Tiberi* per prendere servizio, era già chiaro che sarebbe stata un'altra giornata infernale.

«Come se non bastasse il caldo in sé, è già duro da sopportare quello, figurarsi con tutti che ne parlano, e ogni anno ci tocca la solita fregnaccia dell'estate più calda da nonsoquando. Non ascolto neanche più. Che a senti' 'sti discorsi me viene ancora più caldo.»

Perfetto. Oggi anche il signor Dario era di ottimo umore. Come si dice, il buon giorno si vede dal mattino.

Massimo gli preparò il suo solito caffè ristrettissimo in tazza bollente. A Dario piaceva essere accolto come un cliente, anche se era lì per lavorare. Ma lui diceva sempre che, più che un lavoro, quella del barista era una passione. E poi alla sua età era una fortuna potersi ancora rendere utile e stare in mezzo alla gente: cose che tengono giovani.

3

«Tu quoque!»

SUCCESSE quel mattino. Il suo arrivo non fu un fulmine a ciel sereno. Ma non si può nemmeno dire che ci sia stato il tempo di prepararsi. Diciamo che fu come una nevicata quando la guardi con il naso all'insù: i fiocchi sembrano danzare a mezz'aria indecisi sul da farsi e riempiono il cielo come fossero sospesi, ma in realtà ti arrivano addosso velocissimi e se non ci stai attento ti sommergono e ti entrano nel colletto.

Era metà mattina; passata l'ondata di clienti che andavano a lavorare e ancora lontana la pausa pranzo, il bar *Tiberi* languiva pigramente con i suoi clienti fissi.

Di solito a quell'ora Massimo si faceva uno spuntino nel retro, sullo sgabello del pensatore, luogo delle pause, e finito di mangiare appoggiava la schiena al muro e chiudeva gli occhi giusto per un paio di minuti. Sembra niente, ma a lui bastava per svuotare la mente e ricaricare le pile.

A quel punto tornava dentro con la maglietta sporca di calcinacci e briciole, e Dario lo redarguiva come se fosse suo padre assestandogli un paio di pacche robuste sulle spalle.

Quel giorno invece Massimo si sentiva assonnato e imbambolato. Se ne stava con i gomiti appoggiati al bancone e il mento fra le mani a osservare la piazza assolata oltre la vetrina. Fu allora che la notò. Era là, seduta vicino alla fontana, che beveva avidamente da un thermos. Poi Massimo la vide alzarsi e muovere qualche passo indeciso in qua e in là, attraversare la piazza seguendo una linea obliqua, e tornare alla fontana come un nuotatore stravolto che trova finalmente una boa alla quale aggrapparsi per riprendere fiato.

Non aveva nulla di diverso dagli altri turisti che tutti i giorni affollavano la piazza e l'intera città, eppure Massimo, da dietro la vetrina, vedeva solo lei, come se tutti quegli zainetti colorati, quegli ombrellini, quei cappelli orrendi da giocatori di baseball si fossero volatilizzati, lasciando la scena solo a quella ragazza e al suo vestitino rosso.

Continuò a osservarla, i gomiti piantati sul bancone come se dovessero mettere radici.

Poi la ragazza si alzò, la gonna leggera che ondeggiava lievemente, la borsa di cuoio un po' malandata a tracolla e una valigia in mano, lo sguardo curioso e un po' spaventato, e l'andatura incerta di chi non sa dove andare. Così, un passo dopo l'altro, la ragazza scomparve dal campo visivo di Massimo. Ebbe la tentazione irragionevole di correre fuori e seguirla. Ma non fece nulla: rimase immobile, a fissare il vuoto lasciato dalla sua sparizione. Erano bastati quei pochi istanti perché l'immagine di quella ragazza alta e magra vestita di rosso, con i capelli chiari e mossi e la frangetta, gli si scolpisse in testa. Non che osservare i passanti, fantasticare sulle loro vite, fosse una novità, ma quella ragazza aveva qualcosa di diverso, e lui stesso si sorprese del modo in cui gli si era impressa nella mente. Per questo gli venne quasi un colpo quando, improvvisamente, la vide riapparire sulla soglia del locale, come se fossero stati i suoi stessi pensieri ad attirarla lì.

Da vicino era ancora più bella (dettaglio non banale: ci sono tante di quelle ragazze belle da lontano che poi si rivelano bruttine da vicino).

Ma bella poi cosa vuol dire, pensava Massimo, ci sono tipi di bellezza diversi... lei era una di quelle da scoprire. Non una fotomodella algida e altezzosa né una sinuosa orientale né tantomeno una procace mediterranea, ma un tesoro racchiuso dietro il mistero di un paio di occhi verdi e di una manciata di lentiggini. E con quel vestitino leggero da viaggio, quasi da ragazzina, che non metteva in risalto le sue qualità, ma le lasciava immaginare... C'era qualcosa di ulteriormente intrigante in questo, a ben vedere.

Massimo lasciò il bancone per raggiungere la nuova cliente che nel frattempo, dopo aver posato per terra la valigia, si era accomodata, se non quasi nascosta, a un tavolino isolato.

«Cosa desidera?» le chiese Massimo. *Maledizione, non potevo dirle qualcosa di carino prima? Tipo «buongiorno» o «benvenuta»?* Invece niente, gli era uscita solo quella stupida domanda formale.

Lei arrossì leggermente e rimase in silenzio, poi con

la mano sinistra cominciò a giocherellare con un ciuffo di capelli a metà strada tra l'orecchio e la tempia.

Sarà straniera, pensò lui, e si sforzò di tirare fuori quel poco di inglese che masticava (ma, si sa, gli italiani sono talmente bravi a farsi capire che non ne hanno troppo bisogno, dell'inglese).

«Dunque... *Can I help you? Do you want something to drink? Maybe a coffee?*»

Ovviamente tutto il bar si era azzittito e osservava la scena.

«*Désolée*, non parlo bene italiano», disse lei, con un fortissimo accento francese.

«E non sei l'unica!» fece Tonino il meccanico, che oggi evidentemente non aveva granché da fare ed era già alla terza pausa.

Ci fu una risata generale e l'espressione sperduta negli occhi della ragazza mutò impercettibilmente. Si vedeva che lottava con la timidezza, e il viso lentigginoso si coprì di un leggero, dolcissimo rossore.

«*Vous avez la carte?*» domandò la francese con un filo di voce.

«*Carte?*» continuò Tonino, incoraggiato dal successo, «*pur giucar a briscòl?*»

Lei lo ignorò, e stavolta la timidezza sembrò lasciare il posto a qualcosa di molto simile all'irritazione. Fantastico, pensò Massimo, lanciando un'occhiata assassina a Tonino e compagnia. «I miei cari clienti riescono a fare incazzare perfino una specie di angelo come questa qui...»

La ragazza abbassò gli occhi e provò a esprimersi meglio: «Menu?» chiese con un tono così insicuro che

Massimo dovette ricacciare indietro il sorriso idiota che, lo sentiva, stava per spuntargli sul viso.

«Il menu non lo abbiamo, purtroppo. Però c'è quella lista lì dietro al bancone. Ci sono i nostri caffè. Altrimenti abbiamo panini, tramezzini, toast, patatine, insomma quello che di solito si trova in un bar.» Aveva il sospetto che lei non capisse nulla, ma voleva metterla a suo agio riempiendo di parole quel silenzio imbarazzante prima che lo facesse Tonino con qualche altra uscita delle sue.

La ragazza lo guardò negli occhi con un'espressione indefinibile, per quello che sembrò a Massimo un tempo infinito e brevissimo, poi sospirò e fece la sua ordinazione: «*Un thé noir de rose...*»

Massimo rimase spiazzato: «Tè nero alle rose? Ehm, temo che... temo che non l'abbiamo! Dario? Tè nero alle rose?»

Dario allargò le braccia e storse la bocca. Tonino non riuscì a esimersi da un altro intervento a sproposito: «Tè nero alle rose! Può essere un'idea: trasformi il bar in un ospizio e servi il tè a tutti i vecchietti del rione. Che ce ne stanno tanti!»

«Ma de che?» intervenne Dario. «I vecchi de Trastevere col tè alle rose non ce sciacquano manco i piatti!»

Quando cominciavano così potevano andare avanti delle ore e Massimo, nonostante gli sforzi, non riuscì a non scoppiare a ridere. Fu più forte di lui, forse per il nervosismo accumulato in quei pochi irreali minuti con la ragazza lentigginosa che lo guardava, forse perché non c'è niente di più contagioso di una risata.

Fatto sta che lei, che con tutta probabilità non aveva capito nulla dell'intero scambio, ma forse proprio per questo doveva essersi sentita quantomeno presa in giro, si voltò indietro verso la sala, e poi tornò a posare gli occhi su Massimo.

Come Giulio Cesare. Proprio così lo guardò. Massimo ci avrebbe ripensato in seguito, e si sarebbe detto che sì, senza dubbio l'imperatore doveva aver avuto la stessa espressione dipinta sul volto quando riconobbe il figliastro tra i suoi assassini. Anche lì sarà stato giusto un lampo: poi c'erano state altre cose a cui pensare, tipo quelle ventitré coltellate che gli avevano appena tagliuzzato il corpo.

Lei, invece, la ragazza, aveva accoltellato lui con quello sguardo; di più, l'aveva incenerito facendolo sentire un verme della peggior specie.

Poi si alzò di scatto e la sua sedia cadde per terra. Un rumore che a Massimo sembrò spaventoso, sottolineato dal silenzio che era venuto a crearsi nel bar. La ragazza raccolse la valigia e fronteggiò Massimo piantandogli addosso due occhi furenti, verdi e accesi di rabbia. A quel punto, presa la zuccheriera con entrambe le mani, la rovesciò per intero sul ripiano d'acciaio. E si allontanò senza voltarsi indietro.

A Massimo sembrò di vedere quella scena al rallentatore, stordito com'era dall'eco della sedia che cadeva e che ancora gli rimbalzava qua e là per il cervello.

«Certo che più a nord si va più sono simpatici!» commentò Dario mentre ritirava alcune tazzine dal bancone.

«Ue', ma cosa dici? Attento a come parli!» intervenne il signor Brambilla (caffè corretto grappa – a tutte le ore), che in realtà si chiamava Giovanni Bognetti anche se non lo sapeva nessuno. Era uno strano animale: nato e cresciuto a Milano, all'età della pensione aveva ereditato un appartamento in Trastevere da un lontano parente e aveva deciso di trasferirsi. In verità diceva sempre di essere di passaggio, ma era lì da ormai più di dieci anni. Come al solito, aveva assistito alla scena senza dire una parola e gli altri si erano scordati di lui.

«Presenti esclusi, ovviamente. Mannaggia a te, te ne stai zitto zitto che nessuno ti nota e poi te ne salti fuori quando uno meno se l'aspetta.»

«Vorrei vedere voi, vorrei vedere! È mica facile entrare in un bar pieno di romanacci che ti ridono dietro. Ha fatto bene ad andarsene, ve lo dico io. E l'era anche una bela tosa, vi siete tirati la zappa sui piedi, vi siete tirati!»

«Na bela tosa? E che sarebbe? Ma va a ciapa' i rat, sciur Brambilla. Non l'hai ancora imparata la lingua della capitale?» alzò la voce Tonino.

«Ma quest chi l'è semper chi? Va be' che di lavoro ghe n'è minga ma tutti 'sti caffè ti faran venire uno sciupun!»

«C'è un traduttore? Si capiva meglio la francesina... e forse a ripensarci era pure più simpatica.»

Si levò una voce dal fondo del locale: «Su una cosa però ha ragione il sciur Brambilla... è proprio una bella ragazza, questo non lo si può negare».

Era Valentino (caffè ristretto), detto anche Mastrolindo per via del fisico palestrato e muscoloso che si portava appresso con grande orgoglio sotto le T-shirt griffate e aderenti. Era più un tipo da locali di tendenza, ma di tanto in tanto capitava al bar *Tiberi*. Non si sapeva bene come si procurasse da vivere, ma trafficava sempre con modelle e belle macchine e passava per essere un gran seduttore.

Il vecchio Dario lo guardò con un sorriso: «Ah Mastrolindo! Qui mi sa che hai trovato pane per i tuoi denti, ma non è il tuo tipo, la ragazza. Quella non ti fa nemmeno avvicinare».

Mastrolindo si sentì punto sul vivo: «Ma de che? Io le conosco le donne, vedi che tempo una settimana porto a casa il risultato!»

«Magari manco la rivedi.»

Mastrolindo indossò gli occhiali scuri, lasciò un euro vicino alla cassa e uscì nella piazza assolata.

«Siete un branco di idioti», chiosò Massimo e se ne andò sul retro con una merendina.

«Ma che ha? Lo ha morso una vipera?» esclamò Tonino.

«Ha ragione lui, siete proprio dei bei pirla: intanto gli avete fatto perdere un cliente, che di questi tempi non è mai bello, e poi trattare male una ragazza così... Va' là, Dario, fammene un altro, che poi vado. Ma me ne vado proprio da questa città!»

Massimo era rimasto lì impalato per un po', senza neanche la forza per raccogliere lo zucchero dal pavimento. Per il resto della giornata si portò dietro un'ombra. Un po' come quando sei felice e cammini a un metro da terra e niente può scalfire quella sensazione di fondo di energia positiva... ecco, al contrario: potevi ridere e scherzare, potevi distrarti o fare qualcosa di bello, ma quel peso sullo stomaco era dietro l'angolo pronto a farsi vivo in ogni momento. Rivedeva quei due occhi furenti, verdi e accesi di rabbia. E, soprattutto, sapeva che non li avrebbe visti mai più. Certe cose non capitano due volte. Soprattutto se la prima l'hai rovinata così.

Si sentiva il cuore pesante. Forse era la tristezza di quei giorni caldi e desolati, forse la fatica, forse solo la certezza che la vita non dorme mai e sa sempre colpirti con le sue stilettate. Non serve che siano episodi cruciali, anzi a volte sono proprio le sfumature sottili quelle che lasciano un segno indelebile.

4

L'intruso

IL tempo è strano: a volte cancella i ricordi come un'onda sul bagnasciuga, altre volte scorre lasciando intatto il dolore quasi tagliente di ciò che è successo.

Così non erano bastati il pomeriggio e la notte seguente, né la giornata successiva perché Massimo dimenticasse l'episodio della ragazza dal vestito rosso. Mai zucchero fu tanto amaro.

Diede uno strattone alla saracinesca incastrata e quella venne giù con un fragore che riempì la piazza. Era mercoledì e di gente in giro ce n'era meno del solito. Non che Roma sia mai vuota, ovviamente, però in estate si sente ugualmente qualcosa di diverso, sarà che si vede qualche faccia nota in meno e qualche negozio chiuso in più.

Massimo salutò con un cenno della testa Gino il macellaio (caffè al vetro macchiato caldo) che rincasava con il suo passo maestoso e il pacchettino dei filetti migliori, tenuti da parte per la famiglia.

La stanchezza, sì, la voglia di andarsene a casa, d'accordo, però troppi pensieri si stavano addensando come nubi nella sua testa negli ultimi giorni. Lui di solito era un mulo, tirava avanti contento di quello che aveva, ma adesso, quando si guardava intorno, gli appariva solo un baratro di inutilità. Non aveva più chiaro, se mai ce l'avesse avuto, il senso di quella routine. Gli mancava qualcosa a cui non sapeva dare un nome, un aspetto né una forma. Non era soltanto la morte della signora Maria o l'episodio del giorno prima, piuttosto aveva l'impressione che quegli avvenimenti gli avessero mostrato una voragine che già esisteva ma che lui non aveva mai notato.

Questo umore lo spingeva spesso ad alzare gli occhi al cielo, come se lì potessero esserci delle risposte. Invece c'erano delle nuvole arancioni di struggente bellezza ma di significato sfuggente.

Fu in quel momento che, guardando in alto, Massimo si accorse che qualcosa non andava davvero, e stavolta non era questione di *spleen* né di pippe mentali, come preferiva chiamarle Dario.

Erano le persiane del terzo piano spalancate. Le persiane di casa della signora Maria.

Per un istante sperò di distinguere nella luce del tramonto la nota sagoma appoggiata con i gomiti al davanzale, poi d'un tratto capì.

Non perse tempo e corse verso il portone, accostato come sempre, e si precipitò nell'androne.

«Maledetti», disse tra i denti, «non hanno rispetto per niente!»

Salì le scale quattro gradini alla volta e, arrivato al

piano giusto, dovette piegarsi in avanti per riprendere fiato.

La porta era socchiusa ma da dentro non filtrava alcuna luce elettrica.

Visto che la prudenza non è mai troppa, Massimo decise di chiamare Dario prima di procedere con l'irruzione.

Non lo lasciò nemmeno rispondere: «Da Maria ci sono i ladri: io entro, raggiungimi al più presto!» e gli buttò giù il telefono.

Quando arriva arriva, pensò, io intanto non posso aspettare che rubino in casa di chi non c'è più.

Spalancò la porta e cercò a tentoni l'interruttore. Credi di conoscere una casa a menadito, ma passano sempre fin troppi secondi (o secondi fin troppo lunghi) quando il buio ti toglie ogni punto di riferimento.

Percorse il muro alla sua destra su e giù con la mano, mentre il panico diventava una massa concreta che gli pesava all'altezza del plesso solare.

Infine trovò il tasto e lo premette. Ma, con suo grande disappunto, il velo di oscurità che gli impediva la vista rimase tale e quale.

Ah già, l'elettricità. Di sicuro il quadro è staccato.

Questo se lo ricordava bene, perché lì c'era un impianto che dire datato era un eufemismo, e il salvavita scattava ogni due per tre. Il vantaggio era che nessuno meglio di lui poteva sapere dove si trovasse il quadro elettrico, anche perché era in una posizione piuttosto assurda: in camera da letto.

Con le orecchie tese Massimo mosse alcuni passi nell'oscurità. Dalla strada veniva qualche rumore, per il resto era silenzio. Forse i ladri erano già scappati.

Poi picchiò con il ginocchio qualcosa di duro (cosa fosse lo capì alla svelta: la chiave del comò del corridoio, che in passato aveva già fatto vittime illustri).

In un altro momento avrebbe tirato giù tutti i santi del paradiso, ma si morse la lingua e mantenne il contegno, anche se non riuscì a soffocare un grugnito di dolore.

Superata la soglia che dava in salotto (non prima di aver preso dentro lo stipite con il piede), vide la luce: le finestre spalancate che aveva notato dalla strada lasciavano filtrare quel che restava del giorno. Non molto, ma già sufficiente per deambulare come un cristiano senza urtare ogni cosa.

Confortato da questo miglioramento, Massimo si avviò come un sol uomo (cosa che gli veniva piuttosto naturale) alla camera da letto.

Nessuno lo poteva vedere ma aveva persino un mezzo sorriso stampato sul volto quando percepì un fruscio a sinistra (le minacce, si sa, vengono sempre da sinistra).

Non ebbe nemmeno il tempo di terrorizzarsi: fu investito da un flash luminoso, vero o presunto, un dolore rosso fuoco al capo, e poi ripiombò in un buio fitto, denso e perfetto.

5
Voci di corridoio

Un ronzio di sottofondo, e suo padre che guardava il Gran Premio. La domenica dopo pranzo si accendeva Rai Uno e si aspettavano con ansia i semafori verdi. A nessuno importava niente, in realtà, ma c'era quella fregola durante il giro di riscaldamento, con le macchine che si spostavano a destra e a sinistra per scaldare i pneumatici e portavano su e giù di giri i motori, c'era un adrenalinico senso di attesa.

Poi quell'attimo di frastuono totale con sotto le voci anonime dei telecronisti che parlavano di qualifiche, giri veloci e *pole position*. Dopo la partenza, suo padre faceva qualche commento che nessuno ascoltava e un attimo più tardi stava già russando in poltrona. Loro lo guardavano dormire e ogni tanto gli facevano degli scherzi. Una volta gli avevano messo il cappello da cowboy, l'avevano fotografato, e a Natale gli avevano regalato la foto incorniciata.

Massimo aveva sempre sospettato che il Gran Premio fosse soltanto una Gran Scusa per farsi una pennichella.

E, visti i risultati con suo padre, con gli amici del bar si era addirittura progettato di fare un bel CD con la colonna sonora del Gran Premio da regalare ad Antonio l'idraulico, così almeno il problema dell'insonnia sarebbe stato risolto. Rimaneva soltanto quello dell'ipocondria, ma lì forse servivano cure più serie.

Piano piano, però, Massimo si rese conto che questa volta il ronzio che sentiva in sottofondo non proveniva dalla televisione, bensì dalla sua testa. Aprì gli occhi e provò a sollevarsi, ma gli esplose dietro la fronte un dolore lancinante, seguito da un'ondata di nausea. Trattenne un conato e si riappoggiò al cuscino.

Cercò di analizzare la situazione (aveva fatto il liceo classico, e non l'aveva nemmeno finito, però gli era rimasta impressa la regola basilare della sua insegnante di fisica: prima di tutto analizza la situazione perché una corretta analisi contiene già la soluzione del problema... ora, lui di fisica ci capiva meno di niente e il più delle volte consegnava in bianco, ma quella storia dell'analisi l'aveva presa come una lezione di vita): brusio interiore, emicrania pulsante, vocio lontano. Con circospezione riaprì gli occhi: porta socchiusa, lenzuola cartonate, collarino, colore dominante verde pallido sotto riverbero neon.

Diciamo che non ci voleva la laurea per capire che si trovava nel letto di un ospedale. Quello che proprio gli sfuggiva era il motivo.

Provò a ripassare alcune informazioni basilari della propria vita: al secolo Massimo Tiberi, classe 1979, trentina abbondante portata in scioltezza (almeno l'ultima volta che si era guardato allo specchio), barista per inclinazione genetica e tradizione famigliare, amante di Roma e dell'arte... sì, più o meno ricordava tutto.

Ma delle ultime ore sapeva ben poco. Il bar, le solite cose. Poi? Buio.

Le voci di là stavano alzando il volume.

«Ah, lei potrebbe sporgere denuncia? Ma che stiamo a scherza'? Va bene tutto, ma in che Paese viviamo?»

«Ci vada piano col Paese, e porti rispetto per l'autorità. Moderiamo i toni per favore!»

«Io modero anche i toni, ma cerchiamo di capirci...»

«C'è poco da capirci, qui si parla di violazione di domicilio, di effrazione con scasso.»

«Ma che scasso?»

«Mi correggo, effrazione senza scasso. Ma pur sempre di effrazione si tratta.»

Una delle due voci gli suonava familiare, per quanto non fosse abituato a sentirla tanto accesa. Era Dario. Il vecchio Dario. Ma di che denuncia andava parlando?

«L'ha sentito anche lei il notaio, che è stato così gentile da raggiungerci. Qui stiamo parlando di fatti e lei lo sa meglio di me, i fatti sono l'unica cosa che conta.»

«Ma si sa che i fatti dipendono da come li si guarda!»

Intervenne una terza voce, pacata e più seria: «No, non credo che la mia cliente abbia intenzione di sporgere denuncia, dico solo che ne avrebbe facoltà. Non sono un commissario di polizia, ma qualcosina ne so di queste cose e l'uso del buonsenso è la migliore possibilità che avete per risolvere la situazione.»

«Ecco», fece Dario, «il buonsenso. Ma le pare buonsenso spaccare un vaso in testa al mio amico?»

«Scusi, ma quella era legittima difesa!»

«Ma de che? Lui ha visto le finestre aperte e ha pensato che ci fossero i ladri!» gridò Dario.

«Andiamoci piano, non trascendiamo i toni!» fece l'altra voce, che doveva appartenere a un poliziotto. «Ascolti quello che dice la signorina.»

Una voce femminile pronunciò alcune frasi in francese, poi il notaio si incaricò di tradurre: «La mia cliente è mortificata del danno provocato al Tiberi, ma d'altro canto ha sentito dei rumori in casa, si è spaventata e ha reagito d'istinto: c'era lì quel vaso e lei se n'è servita per difendersi! Comunque è disposta a non sporgere denuncia».

«E lo credo: 'sta ragazzina viziata e senza rispetto!»

La voce francese ribatté e di nuovo il notaio si improvvisò traduttore simultaneo: «Dice che ha capito benissimo, dice che per una soluzione pacifica bisogna essere civili da entrambe le parti».

«Se no che fa, me tira un vaso in testa anche a me? Una strana idea di civiltà!»

Il poliziotto cercò di mettere fine alla discussione. «Va bene, va bene, la smetta un po' con queste obiezioni pretestuose e cerchiamo di mettere da parte il contenzioso. Diciamo che le vostre intenzioni sono state equivocate e si è ingenerato uno spiacevole malinteso. Scriverei questo sul verbale e poi tutti amici come prima, o se preferite nemici, ma almeno evitate di addentrarvi in una questione seccante e inutile. Va bene?»

«Sì vabbè», concluse Dario, «adesso scusatemi, ma vorrei vedere come sta il mio amico dopo questo tentato omicidio. Arrivederci.»

Si aprì la porta ed entrò il vecchio Dario. Faceva

tenerezza quel suo modo di muoversi in punta di piedi, come se non fosse stato a urlare a mezzo metro da lì fino a qualche secondo prima.

«Sei sveglio? Come ti senti?»

«Eh, come uno che ha preso una bella botta in testa!»

«In effetti... comunque ti hanno fatto già una TAC e stiamo aspettando che dicano qualcosa.»

«Te lo dico io qualcosa: sono duro di testa e sto a posto così. Più che altro non mi ricordo nulla... mi spieghi che è successo?»

«Niente», fece Dario dopo un sospiro, «pare che la signora Maria abbia lasciato la casa in eredità a questa lontana parente di Parigi, la ragazzina.»

«Quale ragazzina?»

«Ma sì, quella dell'altro giorno al bar, quella del tè nero alle rose, quella simpaticona che se n'è andata sbattendo la porta!»

Massimo rivide immediatamente quei due occhi furenti, verdi e accesi di rabbia.

«No! Lei? Lei è qui?»

«Non ti preoccupare, adesso ci sono le forze dell'ordine a difenderti. Poi immagino se ne sia andata con quel suo notaio.»

«Il notaio?»

«Già... non si riusciva bene a intendersi, quando sono arrivato ti ho trovato steso, poi è arrivata la polizia e l'ambulanza, nel frattempo la ragazza ha chiamato il notaio che aveva seguito l'eredità perché lui parlava francese e siamo riusciti a capirci qualcosa.»

«E quindi? Ma scusa... Non capisco... Lei che c'entra con la signora Maria? Mica aveva dei parenti... Da dove spunta questa ragazza?...» Massimo cercava di non alzare la voce per non peggiorare il mal di testa, ma era a dir poco sbalordito da quella notizia.

«Così pare. Il notaio e le forze dell'ordine confermano tutto. Volontà espressa e precisa della signora Maria. Poi non ho capito bene il grado di parentela, ma sembra che la ragazza non sapesse nemmeno dell'esistenza di Maria. Invece, a quanto pare, Maria sapeva di lei.»

«Non ci posso credere. Non si conosce mai abbastanza una persona... c'è sempre qualcosa che resta nascosto...» borbottò Massimo.

«Eh già, filosofo... a chi lo dici!» gli fece eco Dario con un sospiro, e continuò: «Fatto sta che lei era appena entrata in casa e manco sapeva dove stava la luce, poi quando ti ha sentito ha preso paura e ha visto bene di spaccarti un vaso in testa. Hai presente quello che stava in sala sul tavolo?»

«Quello di porcellana tipo cinese?»

«No, quello di cristallo pesante!»

«Ahi. Ora mi è tutto chiaro!»

In quel momento si aprì la porta ed entrò un uomo piccolo e pelato in camice bianco.

Sollevò gli occhiali tondi e vagamente appannati e avvicinò la faccia alla cartellina che teneva in mano. Non si capiva se si trattasse di un tic o di un problema di vista, fatto sta che continuava a corrugare e distendere la fronte alzando e abbassando le sopracciglia.

Rimase in silenzio per un minuto buono, completamente incurante della presenza di Massimo e Dario.

Poi finalmente sollevò lo sguardo verso di loro, anche se attraverso quegli occhiali unti non doveva vederci granché: «Signor Tiberi... mmh», si stropicciò il mento con la mano sinistra, «non vedo particolari complicazioni nei suoi esami clinici. In ogni caso, poiché la prudenza non è mai troppa, specie quando si tratta della testa, io le consiglierei di rimanere sotto osservazione questa notte».

«No, no, mi sento bene, dottore. Io domani devo lavorare, insomma se gli esami sono a posto mi faccia andare a casa!»

«Mmh, guardi. Non nego che qui c'è sempre carenza di letti per cui, se lei si prende la responsabilità, è libero di lasciare l'ospedale. Però se avvertisse qualsiasi peggioramento si faccia portare immediatamente al pronto soccorso. Se dovesse venire fuori qualche complicazione è importante intervenire con tempestività.»

«Ma sì, dottore, io ho solo bisogno di farmi una bella doccia e di sdraiarmi sul divano!»

«Fosse così facile! Be', comunque, se proprio se ne vuole andare io non posso trattenerla. C'è qui il foglio da firmare, i suoi effetti personali sono lì... insomma faccia come vuole.»

«Allora dottore, se non le spiace, io andrei a casa al più presto.»

«Mi raccomando però: si faccia accompagnare dal suo amico», disse il medico, con espressione grave.

«Ovvio, sarò il suo angelo custode!» fece Dario, sentendosi chiamato in causa.

Qualche minuto più tardi i due uscirono dall'ospedale Santo Spirito a braccetto, che sembravano il gatto e la volpe. Massimo aveva rischiato un paio di volte di finire al tappeto prima di accettare il sostegno del vecchio ma solido Dario.

Subito notarono la ragazza, gli occhi verdi un po' stanchi e le lentiggini sul viso pallido, mentre cercava inutilmente di fermare un taxi.

«Ahò ma te levi?» le gridò dietro un simpatico automobilista dopo aver rischiato di investirla.

Lei tirò fuori dalla borsa un piccolo thermos e diede una lunga sorsata.

«Che è quello, il famoso tè nero alle rose?» le disse Dario non appena lei notò i due.

«*Oui*», rispose, senza aggiungere altro.

Massimo, nonostante le fitte alla testa, si fece avanti e le strinse la mano.

«Io sono Massimo.»

«Ma a noi ce piace di più chiamarlo Mino!» intervenne l'altro. «Visto che di confidenze te ne sei già prese fin troppe te conviene chiamarlo Mino pure a te. Io invece sono Dario.»

«*Menò? Dariò?* Io Geneviève!»

«Geneviève. Bel nome. Io non so se mi capisci, ma ti devo le mie scuse per essermi introdotto nel tuo appartamento. Dividiamo un taxi per tornare a casa?»

«Taxi? *Oui!*»

Il signor Dario scosse la testa e per tenersi impegnato si dedicò alla ricerca del taxi. Per fortuna se ne fermò uno per lasciare una persona all'ingresso dell'ospedale e Dario lo bloccò prontamente.

Peccato che, mentre lui teneva aperta la portiera, la ragazza si infilò nell'auto, richiuse e salutando con un cenno della mano ordinò all'autista di partire.

Vedendo la faccia dell'amico, talmente sbalordito da

restare completamente di sasso, Massimo non riuscì a trattenere una risata.

«Ma chette ridi? Che, sei scemo?! Questa prima t'insulta, poi t'ammazza e alla fine te frega il taxi e tu fai pure il carino! Niente niente la prossima volta che te vede te sputa!»

«Ma va', si vede che non ha capito! Dài, poi forse non tutto il male vien per nuocere: senti che brezza, senti l'aria della sera! Ci facciamo due passi fino a casa che è tutta salute.» Botta in testa permettendo, Massimo si sentiva all'improvviso pieno di energie.

«E va bene. Certo però che sei strano: una così dovresti evitarla come la peste, e invece... già che c'eri potevi chiederle se te dava n'artra botta tanto pe' darte il colpo de grazia. Vabbè, contento tu contenti tutti. 'Namo va'... però mi offri una grattachecca alla menta dalla sora Norma!»

«Affare fatto!»

6

Che, hai moneta?

«CHE, hai moneta? Io c'ho solo un pezzo da cinquanta, non vorrei creare problemi con il resto.» Luigi il falegname (caffè corretto sambuca – solo dopo una cert'ora) come al solito cercava una scusa per non pagare.

«Te credo, so' sempre le stesse da quando hanno introdotto l'euro! Le dovrai pur cambiare 'ste cinquanta prima o poi!» fece Pino il parrucchiere (caffè al vetro).

«Ma che discorsi! Che sarà mai un caffè?»

«Bene, allora facciamo così», interruppe Dario, «tu lascia i cinquanta e noi ti diamo il caffè gratis per un mese.»

«Tutti i caffè che voglio? Anche quattro al giorno?»

«Eh già», intervenne alle sue spalle Antonio l'idraulico (deca lungo), che tra un lavoro e l'altro passava al bar per un pit stop (per fortuna prendeva il decaffeinato, altrimenti chi lo sentiva più), «prova a prenderli, quattro caffè al giorno, tanto pe guadagna' du euri... capacissimo di farlo, questo qua. Poi non mi venire a chiedere aiuto quando avrai l'acidità di stomaco, l'ulcera, la gastrite e il reflusso gastroesofageo. Per non parlare di tachicardia, sbalzi di pressione e tremori.»

«Ah, è arrivato il menagramo. Ma gli affari tuoi, mai? Sarà che non dorme la notte, ma ce tiene a trova' magagne a tutti! Piuttosto, Dario, se nell'offerta è compreso un sambuchino se po' fa'.»

«E io c'ho scritto giocondo? La sambuca no, altrimenti ci mandi falliti...»

Come al solito si erano dimenticati del sciur Brambilla, che se ne stava sornione appollaiato su un trespolo in fondo al bancone, quasi nascosto.

«Dam a trà, l'Antonio fa il bello col suo deca, ma non lo sa che non è mica un toccasana neanche quello. Bevi, bevi i tuoi decaffeinati, poi vedrai il colesterolo che schizza alle stelle, e magari mettici anche quei bei dolcificanti all'aspartame cancerogeni, poi vediamo chi ride!»

Antonio borbottò un maddeché e si girò dall'altra parte, però intanto lasciò sul bancone la bustina di dolcificante con cui stava giocherellando da un po'. E, chiunque nel bar avrebbe potuto scommetterci, non vedeva l'ora di correre a chiamare il proprio medico curante per chiedergli delucidazioni in merito alla questione (medico che malediceva di continuo il giorno in cui gli aveva dato il numero di cellulare...).

E infatti prima di andarsene non riuscì a resistere dal domandare: «Come hai detto? Aspartene?»

«Aspartame: A-S-P-A-R-T-A-M-E. Che è molto più pericoloso dello zucchero, tel disi mi!» fece Giovanni Bognetti da Milano, in arte sciur Brambilla, con un sogghigno.

Luigi il falegname approfittò della confusione per

darsela a gambe senza pagare, il sciur Brambilla lasciò le monete sul bancone e se ne andò, rimase solo Pino il parrucchiere, che si avvicinò a Dario e gli sussurrò: «Ma Mino che ha? Non ha spiccicato parola...»

«Eh, chi lo sa! La testa fra la nuvole. Testa peraltro un po' fracassata!»

«Infatti, ma che gli è successo che ha quella fasciatura? Non per farmi gli affari suoi...»

Massimo fece finta di non sentire e continuò a trafficare con alcune vecchie scatole di tè che se ne stavano belle belle a svernare sullo scaffale da tempo immemore.

«Giuri che non lo dici a nessuno?»

«Ma certo, per chi mi hai preso?»

«Ti ho preso per te!»

«Ecco: ti sbagli, non sono io.»

Pino il parrucchiere svolgeva nel quartiere la stessa funzione de *Il Messaggero* a Roma: raccoglieva le notizie più fresche, dalla prima nota a scuola del figlio di Alfio, il pizzicagnolo, all'ultimo bollettino medico della sora Zucca, e le divulgava con un'efficienza che neanche l'ANSA...

«Bene. Se mi giuri che non lo dici a nessuno te lo racconto, tanto alla fine le voci girano comunque», cominciò Dario, che invece sulle cose importanti sapeva essere molto discreto; ma quando, a suo insindacabile giudizio, reputava una questione degna di scherno e pettegolezzo tendeva a sfogarsi raccontandola in tutte le salse.

Effettivamente c'era poco da tenere segreto, anzi, con ogni probabilità Pino il parrucchiere aveva già sentito qualcosa ed era venuto solo per raccogliere i dettagli di prima mano come ogni buon reporter dovrebbe fare.

Nel frattempo Massimo era finalmente riuscito a trovare una serie di bustine di tè verde. La data di scadenza era mezza cancellata, ma tant'è: che sarà mai? E poi era verde anziché nero, ma ci sarà poi 'sta differenza?

Contento che Dario fosse distratto, tirò fuori una teiera e preparò un vassoio con qualche biscotto, tè verde, zucchero, cucchiaino e compagnia bella.

«Vado a fare una consegna, va bene? Tu vedi di non parlare troppo che ti s'asciuga la gola!»

«Che brutto carattere 'sto ragazzo! Che, l'ha punto un pappatacio?» commentò Pino il parrucchiere.

«Mi sa che l'ereditiera è anche un po' 'na fattucchiera... oltre ad aver ereditato una casa da una che manco la conosceva ha conquistato il ragazzo dandogli un vaso sulla testa!» continuò Dario imperterrito.

«E c'hai ragione, non è che poi mi s'innamora davvero il giovanotto?» insinuò Pino.

Massimo gli gettò un'occhiataccia, poi uscì e fu investito dalla calura e dalla luce. Chissà se quella era l'ora buona? Ma sì, quelli che bevono tè lo bevono a tutte le ore. Stranezza per stranezza...

Dopo la piazza assolata varcò il portone e dovette fermarsi un istante perché i suoi occhi si abituassero all'oscurità. In quella pausa si rese conto che adesso non gli sarebbe dispiaciuto rimandare. Il cuore aveva assunto un ritmo tutto suo e anche la termoregolazione del corpo sembrava difettosa, alternando brividi e vampate. Ma che idee mi vengono? si disse. Cosa mi è saltato in mente? E se me ne tornassi al bar?

Poi guardò il vassoio e immaginò di dover giustificare con Dario (e non solo, con ogni probabilità) il proprio comportamento bizzarro, quindi capì che era obbligato ad andare fino in fondo.

Respirò profondamente un paio di volte per farsi coraggio, poi salì le scale fino al terzo piano.

7
L'alchimista

L'IDEA gli era venuta nella notte, quando il mal di testa lo teneva sveglio. Forse non esiste un proverbio in materia, ma qualcuno dovrebbe inventarlo: se vuoi una vita tranquilla non seguire le ispirazioni notturne. Infatti Massimo era lì sul pianerottolo della signora Maria, o meglio di Geneviève, sudato, imbarazzato e tremebondo come uno che ha superato la trentina non dovrebbe mai essere, a dirsi «suonare o non suonare?» manco fosse il monologo dell'*Amleto*...

Decisamente un'idea del cavolo.

Perché se poi decidi di rinunciare all'ultimo momento ti rimangono un sacco di rimpianti e un'insopportabile sensazione di codardia, quindi sai che potrai solamente andare fino in fondo anche se, l'hai già capito, sarà un fiasco totale.

Massimo sarebbe rimasto bloccato davanti alla porta mezza giornata se un rumore dai piani superiori non lo avesse richiamato alla realtà: probabilmente stava per scendere qualcuno, qualcuno che probabilmente lo conosceva, qualcuno che probabilmente sarebbe corso da qualcun altro che probabilmente lo conosceva a dire che l'aveva visto rimbambito sul pianerottolo con un vassoio in mano probabilmente perché non aveva il coraggio di suonare un campanello. Ma solo *probabilmente*.

E così suonò quel maledetto campanello.

Dopo qualche secondo stava già pensando: Ecco, non c'è, posso tornare al bar e la prossima volta niente colpi di testa.

Sollevato, girò i tacchi e cominciò a scendere le scale, ma il rumore del chiavistello lo obbligò a tornare sui propri passi.

«Chi è?» fece una flebile voce di ragazza, subito sovrastata dall'immagine che apparve nella fessura della porta: due occhi furenti, verdi e accesi di rabbia. Che poi, dài, non poteva essere rabbia pure questa volta, insomma comunque una viva ostilità, almeno quella, sì.

Massimo rimase bloccato per un po' e lei non fece niente per metterlo a suo agio. Anzi, mentre con gli occhi verdi lo teneva appeso come quelle baionette austriache dei quadri risorgimentali che infilzano a mo' di pollo un soldato piemontese su un campo di battaglia o un cittadino barricato in strada nelle Cinque giornate di Milano, con la bocca accennò una smorfia che significava: Embè? Tu che ci fai qua?

Non i migliori presupposti. Anche perché come fai a rispondere se sei trafitto da una baionetta austriaca (o francese, in questo caso)?

Per fortuna Massimo si ricordò di avere in mano il vassoio, altrimenti gli sarebbero cascate le braccia e con loro la teiera, la tazza, i biscotti e tutto quanto. Bastò questo aggancio concreto con la realtà per fargli ritrovare le forze e la favella.

«Buongiorno Geneviève! Ti ricordi di me?»

Lei annuì.

«Massimo. Mino. Menò, come mi chiami tu, quando mi chiami. Quasi mai, per la verità.»

Quegli occhi verdi scapparono un momento al soffitto come a dire: «Oddio cosa vuole questo da me?» Ma ormai Massimo era lanciato, magari nell'abisso, ma lanciato, quindi proseguì.

«Insomma sono venuto qui per scusarmi. Non ti ho servita a dovere l'altra volta, ma sai come sono fatti i ragazzi! Che poi chiamarli ragazzi sarebbe un complimento dato che la maggior parte sono più di là che di qua, a parte quel cretino di Mastrolindo che sarà anche giovane ma ha una testa vuota che potresti usarla come tamburo...»

Poi si fermò a riprendere fiato, ma non ebbe il coraggio di spiare nuovamente la reazione degli occhi verdi.

«Be', non voglio annoiarti e soprattutto mi dispiace di essermi introdotto in casa tua, ti sarai spaventata, immagino, ma io ero in buona fede. Davvero! Be', poi ti avrò rotto il vaso con questa mia testa dura.»

Con la mano libera accennò alla fasciatura che gli avvolgeva il cranio. Lei disse solo: «Vaso sta bene». Ma non c'era traccia d'ironia nella sua voce.

«Insomma quindi ho pensato che poteva andarti un tè, visto che ti piace tanto, no?»

Così dicendo le porse il vassoio. Lei spalancò la porta e accettò l'omaggio senza un sorriso né un commento.

Seguì un istante di imbarazzo, poi lei sussurrò un *merci* e richiuse.

Massimo rimase lì come un allocco a fissare il tondo dello spioncino. Non che si fosse aspettato una festa con i fuochi d'artificio, ma almeno un cenno, un abbozzo di gradimento.

Niente.

Ma doveva essere colpa del tè, questo fu subito chiaro.

Quel pomeriggio, in un momento di calma, andò alla ricerca del tè nero (ma come aveva potuto pensare che nero e verde fossero la stessa cosa? Era proprio uno sprovveduto!).

A ogni modo Massimo non era certo il tipo che si scoraggiava, con quel nome da gladiatore che portava.

Trovò un infuso di rose e fece delle prove. Il guaio era che non se ne intendeva proprio di tè, insomma non a questo livello. Eppure negli ultimi anni va di moda intendersene. Tutta colpa delle enoteche: una volta il vino era il vino, già tanto che si distinguesse bianco e rosso, e il più delle volte si beveva anche quel rosso fresco e frizzantino che adesso viene schifato come la peste, per non parlare del rosé, che sembra diventato Satana in persona. Oggi invece sono tutti sommelier, parlano di barrique, di lacrima, di persistenza, di struttura, di sentori di viola e liquirizia (con una nota di vaniglia), di ritorni di aromi fruttati. E la cosa allucinante è che questo non si limita al vino, c'è gente che parla allo stesso modo della birra, dell'olio (che per le persone normali è solamente buono o cattivo), della mozzarella e persino dell'acqua, per limitarci al solo settore gastronomico, perché altrimenti si potrebbero citare le bici, l'abbigliamento da corsa, le mazze da golf e chi più ne ha più ne metta.

Ogni cosa oggi richiede una laurea: anche il tè, pare.

Che iella. Fosse stato il caffè, Massimo avrebbe potuto pontificare come un barone dell'università, come un trombone del giornalismo, avrebbe potuto conquistarla e sedurla conducendola in un complesso e misterioso itinerario del gusto. Invece di tè ne sapeva davvero poco.

Ma, visto che tentar non nuoce, lui tentò.

E il giorno dopo si ripresentò alla stessa porta con le stesse migliori intenzioni, un nuovo tè (nero) e una nuova teiera. Però la reazione di Geneviève non cambiò di una virgola.

Era a metà tra un gioco e una questione di principio, eppure lui non aveva intenzione di mollare la presa e per una settimana continuò a tornare a quell'uscio con certosina costanza. Naturalmente tirò fuori i suoi alambicchi e si trasformò nell'alchimista del tè nero. E il signor Dario, che aveva capito, diceva che a forza di regalarle servizi da tè sarebbe andato fallito, ma lui faceva finta di non sentire.

La sesta volta (la domenica era stata saltata e, chissà, magari lei ne aveva sentito la mancanza) la ragazza indugiò più del solito e Massimo si disse: Vai, questa è la volta buona che mi fa entrare, lo sapevo, il tè sarà il mio cavallo di Troia.

Invece lei si limitò a mostrargli i vari vassoi con le stoviglie usate e a fargli capire che doveva portarseli via. L'impressione di Massimo fu che contasse maggiormente la premura di liberarsene che quella di restituirli.

Attraversò la piazza come un equilibrista sul suo cavo sospeso nel vuoto e se non altro, quando giunse al bancone senza aver rotto nemmeno una tazza, ne uscì professionalmente rafforzato.

8

Roma nun fa' la stupida stasera

ERA un periodo strano per Massimo – piacevolmente strano, a dir la verità: non che stesse bene, anzi, era pieno di ansie, però si sentiva ispirato. Uno di quei periodi in cui gli sembrava che Roma potesse parlargli. Gli sarebbe piaciuto trovarsi solo con la città: un po' lo infastidiva doverla dividere con quei maledetti onnipresenti turisti, però in fondo era anche bello sapere che, ci fossero anche dieci pullman di giapponesi, il sussurro che lui era in grado di cogliere era unico come un linguaggio segreto. Anzi, forse Roma riusciva in qualche modo a sorridere alle spalle dei turisti strizzando l'occhio a Massimo.

Adorava farlo, ma lo faceva ancora di più nei periodi di struggimento o di ispirazione (che poi erano la stessa cosa): girava per una capitale che era la sua capitale, non quella di tutti, alla ricerca di angoli nascosti o anche alla riscoperta delle cose che sono sempre talmente sotto i riflettori da rischiare di perdere gusto.

Cercava di non dare mai nulla per scontato e se gli capitava di notte di sbucare davanti alla fontana di Trevi (che compariva così senza preavviso, quasi sfacciata) era capace di stupirsi ogni volta, e coltivava questa sua meraviglia nella brezza che spirava nei fori imperiali, o in certi scorci dell'Appia antica, o nelle ville che ti facevano assaporare la natura selvaggia e l'isolamento contemplativo, salvo poi aprirsi in panorami incredibili sulle infinite cupole della città eterna.

In questi giorni nei quali Massimo stava decisamente, innegabilmente e irrimediabilmente precipitando in quel che si è soliti definire un guaio amoroso, Roma parlava, suggeriva, gli dava tanti leggeri pizzicotti e brividi, insomma tutto faceva tranne che consigliargli prudenza.

Perché magari non sarà la città dell'amore, ma di sicuro non è una città che intralcia l'amore, diciamo che è piuttosto conciliante. Forse troppo.

Ma per tenere i piedi per terra, le ore a disposizione per corteggiare Roma e ascoltare i suoi bisbigli non erano poi moltissime e la più fedele compagna di Massimo rimaneva la vecchia Gaggia, la macchina da caffè comprata da suo padre che aveva sulle spalle trent'anni di onorata carriera e non li sentiva per nulla. Lei se ne stava lì, ferma sulle sue posizioni, non arretrava di un centimetro ed era un punto di riferimento per tutti. Certo, sbuffava e brontolava in continuazione, ma alla fine garantiva i suoi due-trecento caffè quotidiani, sempre perfetti. Massimo ogni tanto pensava al giorno in cui avrebbe dovuto cambiarla, perché niente è immortale, e gli saliva il magone.

Lì dietro, quand'era di buonumore, si sentiva nella stanza dei bottoni dell'universo, altre volte pensava alla sala di comando dell'*Ottobre Rosso*, ma comunque andasse era sempre una posizione di un certo peso nello scacchiere del destino. Perché lì, se giravi la manopola del vapore e ci mettevi sotto il bricco di latte (ben gelato, mi raccomando) badando a tenere il beccuccio non troppo in profondità (altrimenti lo scaldavi e basta), né troppo in superficie (sennò rischiavi di sparare il latte in giro per tutto il locale), ma semplicemente al punto giusto, potevi creare la schiuma perfetta per il cappuccino; perché lì dovevi decidere quanto pressare il caffè macinato (anche in base all'umidità dell'aria) per ottenere l'espresso perfetto; perché in quel laboratorio potevi inventare, attraverso colpi di genio inquadrati in rigorosi procedimenti sperimentali, le nuove sfumature del nostro orgoglio nazionale.

Ma negli ultimi giorni Massimo, nascosto dietro la vecchia Gaggia, ne approfittava per spiare quella porzione di piazza Santa Maria in Trastevere alla ricerca di due occhi verdi lontani, ma di sicuro furenti e accesi di rabbia.

Invece per qualche strano gioco di volumi e prospettive (la vecchia Gaggia era piuttosto larga di fianchi), quei due occhi non li vide nemmeno avvicinarsi e se li ritrovò d'improvviso a meno di un passo, soltanto il bancone a dividerlo da loro. Ci sono mete che si mettono a fuoco da lontano e si mostrano in un lentissimo avvicinamento e ci sono quelle che sbucano dietro una curva senza preavviso, come un'apparizione.

Massimo sobbalzò, che se avesse incontrato la Madonna in persona (con il dovuto rispetto) non si sarebbe emozionato tanto, e rischiò di nuovo di mandare in frantumi tre tazze con relativi piattini.

Ma Dario aveva già preso in mano la situazione: «E

tu che ci fai qui? Hai intenzione di concedere la rivincita? Vediamo un po' cosa dicono i *bookmakers*, ma io mi sa che mi punto lo stipendio sulla ragazza».

«Perché te pagano anche, pe' 'sto servizio? Pensavo te tenessero qui pe' compassione!» fece Luigi il falegname (caffè corretto sambuca).

«No, nun me pagano, e sai perché? Perché ce stanno un botto de scrocconi come te che se vojono fa' il caffettino a babbo morto!»

«Eee, ma quanto la fai lunga, chessarà mai una monetina più una meno...»

«E che c'entra, non lo sai che un sassolino sopra l'altro ci costruisci il Colosseo? Roma non è stata fatta in un giorno, che credi?»

«Chi g'ha danè fa danè!» concluse l'inconfondibile Bognetti (caffè corretto grappa).

«Ah longobardo, tu sembra che c'hai sempre ragione perché parli che non se capisce niente! Vuoi fare il superiore...»

Massimo però non stava ascoltando una parola, perso com'era in quegli occhi verdi che ora sembravano un po' spaesati, e tra l'altro non aveva bisogno di ascoltarli per sapere che qualunque cosa stessero dicendo di sicuro era qualcosa di inopportuno.

Purtroppo le esitazioni non permisero a Geneviève di approfittare della confusione e, quando si decise a parlare (solo perché il silenzio stava diventando ormai insostenibile), quelli del pubblico avevano di nuovo le antenne puntate su di lei e la fissavano in attesa della sua prossima mossa.

Massimo avrebbe voluto cacciarli via a pedate all'istante.

«Ehm», cominciò lei, come se dovesse accertarsi di avere ancora delle corde vocali in grado di vibrare.

«Sì?» disse lui che voleva essere incoraggiante, ma aveva una paura tremenda che lei facesse come la tartaruga che sporge timidamente la testa e al primo segnale di pericolo si ritira nel suo guscio per un tempo che sa solo lei.

«Menò», azzardò, aggiungendo un sorriso e un tono di rosso sulle guance e gli zigomi. Per un momento sembrò così indifesa che Massimo avrebbe voluto abbracciarla e dirle che andava bene lo stesso, che non c'era bisogno di parlare, che anzi, non avere una lingua in comune avrebbe potuto aiutarli sulla strada di un'empatia silenziosa fatta di sguardi e impercettibili sfumature nelle espressioni del viso.

Ma i tre brontoloni erano già in agguato pronti ad acchiappare per i piedi il Tiberi e farlo precipitare giù dai suoi soliti voli pindarici.

«Che meni ce n'eravamo accorti, e pure forte, me sembra!» intervenne Pino il parrucchiere (caffè al vetro).

«Sì, e grazie a te lo sa tutto il quartiere, vero?» continuò Luigi il falegname.

«E certo, così almeno la gente prende qualche precauzione!»

«Ma volete stare zitti? Certo che siete peggio dei ragazzini! Devi scusarli, non sanno comportarsi.» Massimo cercò di salvare la situazione, ma gli occhi di Geneviève si erano già induriti.

«Sì», fece lei come se non importasse nulla, ora voleva

finire e andarsene il più presto possibile. «Scusa. Per la tua testa. *Pardon.*»

Poi alzò le spalle come dire: «Be', io ho fatto il mio dovere anche se forse qui nessuno se lo meritava», e se ne andò, non prima di aver fulminato con lo sguardo i corvacci al bancone.

Da un tavolino nascosto (nel bar c'è sempre più gente di quanto ci si aspetti) si alzò Rina la fioraia (caffè al vetro con bicchiere d'acqua), che dopo la dipartita della signora Maria era rimasta la più alta rappresentante del gentil sesso tra la clientela abituale.

Più che di una fioraia, Rina aveva l'aspetto di una figlia dei fiori, vestita com'era di lunghe gonne colorate, bracciali, collane, orecchini e chi più ne ha più ne metta: sembrava uscita direttamente dal concerto di Woodstock del '69 con l'unica differenza che molte di quelle ragazze si vedono in foto in bianco e nero mentre per lei il bianco e nero non era nemmeno concepibile. Anche sul lavoro era così: se volevi un mazzo di fiori bianchi dovevi vedertela con lei: «Ma scusa, fammi capire, poi sei libero di fare quello che vuoi, per carità: ma cosa te ne fai dei fiori bianchi? Che noia! La natura ci ha messo a disposizione una tavolozza di colori con le tonalità più sorprendenti e brillanti che se li guardi bene, questi fiori, capisci che non puoi essere triste manco se t'è appena morto il gatto, anzi se t'è morto il gatto ritrovi subito il sorriso, e tu invece ti vai a prendere questo non colore... ma che è il bianco? Qualcosa che deve ancora essere dipinto! Poi fai come vuoi, tanto me li paghi uguale!»

Praticamente per prenderti i fiori bianchi dovevi darti da solo del deficiente, chiedere scusa e poi magari veniva fuori che non li aveva nemmeno 'sti benedetti fiori bianchi.

Insomma non era certo la tipa da passare inosservata ma questa volta, come solo le donne sanno fare, si era mimetizzata a mo' di camaleonte e aveva analizzato la scena.

E, come solo le donne sanno fare, non le mandò certo a dire: «Siete proprio delle bestie! Trattare in questo modo una ragazza così carina e indifesa, ma che c'avete in testa voi? Ma che dico, bestie è farvi un complimento, anzi è un insulto alle bestie!»

Non aspettò risposta e uscì in tutta fretta quasi stesse inseguendo Geneviève. Massimo la vide infatti raggiungere la ragazza, che si era fermata al centro della piazza, vicino alla fontana, a bere il suo tè nero alle rose dal solito thermos, prenderla sottobraccio e sparire con lei in direzione di San Callisto.

Il primo a rompere il silenzio fu il signor Dario: «Com'è, come non è, si dimenticano sempre di pagare il conto!»

Massimo non riuscì nemmeno a sorridere per educazione e si disse che non ti devi disperare quando ti sembra che una cosa sia nata male fin dall'inizio, perché c'è pur sempre la possibilità che vada ancora peggio.

Pensava all'istantanea di Geneviève vicino alla fontana la prima volta che l'aveva vista (danzava indecisa come il pulviscolo in un raggio di sole) e l'ultima, poco fa, con il passo di chi forse non sa dove andare ma che sa bene cosa vuole lasciarsi alle spalle. Massimo tendeva a dare un certo peso al destino e si può dire che quella fontana buttasse fuori il destino insieme con l'acqua. Una fontana talmente antica, forse la più antica di Roma, che, restaurata dal Bramante nel 1496 (essere restaurati dal Bramante è qualcosa come avere il papa per autista, diceva sempre Massimo), già all'epoca era considerata nobile per la sua antichità (la sua prima costruzione risaliva al 772). Se poi anche il Bernini l'aveva ristrutturata (il che è come avere il presidente della Repubblica come copilota del proprio autista), allora poteva anche essere il luogo adatto per incorniciare quella ragazza dagli occhi furenti e verdi.

La sera, dopo aver chiuso la saracinesca, Massimo non aveva voglia di andare a casa e decise di fare due passi (sì, quando hai un bar non è che dopo il lavoro puoi andarti a prendere un aperitivo, un gelato, né tantomeno un caffè, quindi va spesso a finire che fai semplicemente due passi nel tentativo di ripulire il cervello dalle scorie della giornata). Era bello ciondolare senza meta, ed era proprio in quei momenti che Roma dava il suo meglio, quando non ti aspetti nulla e invece ogni angolo è un quadro degno di essere ammirato. Infatti su un muro trovò un cartellone con il suggerimento che faceva per lui: al teatro Gioacchino Belli facevano il *Rugantino*. Come dire: la tavola è apparecchiata, basta invitare la ragazza e il gioco è fatto.

9

Montagne russe

ALL'ANGOLO della strada, mezzo marciapiede era occupato dalla struttura di legno e ferro battuto rigorosamente dipinta di verde bottiglia. E se un giorno fosse sparito quel banchetto, probabilmente sarebbe rimasta una voragine incolmabile. Non era un volo pindarico, perché talvolta veniva fuori che c'era qualche problema con il rinnovo dei permessi e via dicendo, e perché le cose belle non sono scontate e inevitabili come le macchine in divieto di sosta (per restare nel campo dell'occupazione del suolo pubblico), ma rischiano l'estinzione ogni due per tre.

Eppure quei ripiani di colori e profumi resistevano da tempo, così come resistevano gli esercizi tradizionali del quartiere: partigiani trasteverini che si oppongono con coraggio alla *movida* e alla bolla immobiliare.

Il banchetto di fiori di Rina era sempre lì, parato a festa, con la pioggia e con il sole, e nessuno poteva passare senza notarlo.

Ora, però, se qualcuno si fosse fermato ad annusare

avrebbe avuto difficoltà a distinguere le varie fragranze, sovrastate dall'aroma del caffè.

Rina, seduta sulla sua seggiola, per un momento svuotò la mente da ogni pensiero e buttò giù il caffè al vetro con gli occhi socchiusi. Dopodiché bevve un sorso d'acqua e alzò lo sguardo sul ragazzo che attendeva impalato davanti a lei con la grazia tipica del cameriere provetto, che allo stesso tempo c'è e non c'è.

Rina la fioraia non si perdeva in giri di parole: «Caro il mio Massimino, immagino ci sia un motivo per questo gentile servizio a domicilio non richiesto benché apprezzato!»

Massimo, al contrario, come molti uomini non amava esplicitare (è strano: passava il tempo a criticare i discorsi vuoti e improduttivi degli amici eppure quando si trovava di fronte a una donna che lo fissava dritto nelle pupille aveva soltanto voglia di fare quello che facevano tutti gli altri: buttarla sullo scherzo).

«Ma che discorsi! Mi trovavo qui di passaggio con un caffè al vetro e un bicchiere d'acqua – quando mai giro senza? – e mi sono detto: Perché non fare una visita a Rina che sa apprezzare i piaceri della vita!»

«Sì, sì, bravo lui! E mi vuoi far credere che te ne andrai via contento se non ti rivelo qualcosa su una certa francesina che io ho trattato un po' meglio di voi trogloditi che siete fermi all'età della pietra a volervi fare un complimento?»

«Ma certo! E che è? Non capisco a cosa ti riferisci.» Massimo si guardò intorno in cerca di una via di fuga e la sua attenzione fu attratta da un fiore azzurro con tanti piccoli fiorellini a raggiera che componevano insieme una sfera perfetta sorretta da un lunghissimo stelo. «Che dici, questo ci starebbe bene all'ingresso del bar? Un tocco di gran classe, no? Che è...»

I nomi dei fiori proprio non gli rimanevano impressi, quindi aspettò per un momento l'imbeccata di Rina, che invece rimase in silenzio ad aspettare.

«Un... giglio? Dalia?» Di sicuro non era una margherita e nemmeno un tulipano. «Narciso?»

«Sei proprio un ignorante... poi stai lì a pontifica' sugli affreschi dei musei vaticani e via dicendo, ma non lo sai che i fiori stanno alla base del concetto di bellezza? Trovami un'altra cosa in natura che ti sorprende e ti seduce come i fiori!»

A Massimo una cosa venne in mente e arrossì fin sopra le orecchie.

«Sì, t'ho capito a cosa pensi. Tutti uguali voi uomini, tutti maiali! Ma devi capire che senza un po' de fiori la ragazza appassisce e nun te se fila... sembra ovvio ma voi uomini siete duri a capirlo. Poi la francesina ha i suoi gusti in fatto di fiori che è come dire che una ha personalità. Il che è un bene in senso assoluto e un male per il fringuellone che se la vuole portare a casa: quella nun se fa' infinocchia'.»

«Ma che stai dicendo? Certo che hai una fantasia... senza dubbio è una bella ragazza, ma la conosco appena. Ci tengo solo che sia trattata bene come cliente, su questo hai ragione, ma a quelli là non posso mettergli la museruola!»

«Be' sarebbe un'idea.»

«E comunque...» aggiunse Massimo facendo il vago e annusando i fiori qua e là, «era arrabbiata?»

«Anvedi questo! Poi mi dice che non gl'interessa. Certo che era arrabbiata, e aveva pure ragione, ma non c'è bisogno di chiederlo a me.»

«Ti ha detto qualcosa?»

«Certe cose si sentono, sai com'è, è solo che a voi uomini bisogna spiegarvi tutto, tra noi, se sa, c'è un certo feeling, quando ce sta, perché se nun ce sta so' dolori.»

«Hai detto bene. Parlate tanto di sensibilità femminile ma quando due donne non c'azzeccano hai voglia a farle ragionare.»

«Be', non è questo il caso. La francesina è una ragazza come si deve. Un fiore: e io di fiori me ne intendo. Poi tu stai a parla' de donne senza nerbo che se scannano per gelosia e rivalità... le donne sagge sono un'altra cosa.»

«Ma la gelosia è donna, si sa!»

«Sì, sì, ma te sei venuto per raccogliere informazioni sulla tua francesina, non per aprire un dibattito sul femminismo, giusto?»

«E dagli! Ma non è che sei gelosa? Guarda che la prima donna del quartiere rimani sempre tu.»

«Ti ringrazio, ma è ora di lasciare spazio ai giovani. E poi la prima donna del quartiere resta la signora Maria, pace all'anima sua.» Rina tirò su un lembo del vestito a fiori e lo mostrò a Massimo: «Guarda che vestiti faceva, che taglio, che stoffe. Dimmi se questo non si sposa perfettamente con me! Hai capito che gran donna era? Lei comprendeva la tua anima e ti faceva il vestito giusto, altro che psicanalista!»

«A chi lo dici! Ha vestito due generazioni di Tiberi. Senza di lei non so che avremmo fatto. Ha cucito anche l'abito da sposa di mia sorella!»

«La francesina ha gli armadi pieni di vestiti suoi. Vorrebbe liberarsene per lasciare un po' di spazio in casa, anche perché in futuro la vorrebbe affittare ai turisti. Però sono vestiti talmente belli che le dispiace buttarli. Comunque le ho detto che se vuole degli scatoloni per mettere via la roba di cui si vuole disfare, io qui ne ho da vendere.»

«Buttarli? Ma sarebbe un delitto!»

«Infatti sì, peccato che a lei difficilmente staranno bene, visto che è una ragazza così slanciata mentre la signora Maria... be', non proprio! Io le ho detto che potrebbe informarsi per darne un po' a quelli della parrocchia.»

«Ottima idea.»

«Lo credo, è mia! Io penso prima di parlare, al contrario di certe mie conoscenze. Comunque, tornando a noi, la ragazza ha fretta di tornare a casa, quindi se vuoi trattenerla ti conviene darti una mossa. Uomo avvisato mezzo salvato.»

«Non ti rispondo neanche. Ma come le sai queste cose? Non mi pare che il suo italiano permetta una tale comunicazione, o no?»

Rina allargò le braccia: «Continui a sottovalutare l'intuito superiore delle donne. Non abbiamo bisogno di troppe parole, noi. E poi non parla così male, lei lavora con le parole, ci mette poco a imparare, ha quella, come si può dire? ...sensibilità linguistica.»

«Lavora con le parole? In che senso?»

«'mazza, sei curioso come una biscia, eh? Ma dico, se t'interessa tanto perché non glielo chiedi a lei?»

«Ma se non fa che tirarmi vasi in testa, sbattermi

porte in faccia, e quando proprio mi va bene mi rovescia addosso zuccheriere?!»

«Forse perché non chiedi le cose nella maniera giusta. Devo sempre insegnarti tutto.»

«Già, dovrei farti più spesso la consegna a domicilio. Chissà mai che mi spunti pure a me un po' di sensibilità femminile.»

«È più facile che un cammello passi per la cruna di un ago, che un uomo impari un po' di sensibilità femminile», commentò lei, mentre Massimo raccoglieva il vassoio e si preparava ad andarsene: «E comunque,» aggiunse indicando il famoso fiore azzurro da cui era partito il discorso, «questo è un *Agapanthus africanus*, bellissimo, ma se permetti non è tanto il suo genere. Lei preferisce fiori profumati. Sarà che adora quel tè aromatizzato alle rose. Guarda un po' qua cosa mi è capitato, tanto per sdebitarmi per il servizio a domicilio.» Rina si alzò e prese un vaso alla base del banchetto, dove teneva sempre qualche pianta per chi non amasse i fiori recisi. «Guarda, guarda qui questo gelsomino. Vero gelsomino, dovrebbe resistere anche d'inverno, se non fa troppo freddo. Piantalo in quel vaso che hai di fianco all'ingresso con quel pitosforo mezzo morto che farebbe imbestialire un maestro zen, e poi fallo arrampicare sul traliccio lì a fianco. Vedrai che profumo! Lo senti adesso? Questo cresce in fretta, è uno spettacolo. Però te devi ricorda' di dargli l'acqua altrimenti fa la fine del pitosforo. Se non sai tenere una pianta come puoi sperare di tenere una donna?»

«Ah be', grazie. Lo prendo come un buon consiglio. Ma ce la faccio a portarlo al bar con il vassoio e tutto?»

«Ma sì, che sei grande e grosso!» rispose lei, e ricominciò a occuparsi delle sue cose. Massimo si avviò verso l'uscita, ma lei lo richiamò dentro.

«E visto che ci tieni tanto a saperlo... la francesina fa le parole crociate.»

Massimo la guardò perplesso: «Ah sì?» rispose, senza grande interesse. «Pure questo ti ha detto? Allora sì che avete qualcosa in comune», aggiunse dopo aver notato *La Settimana Enigmistica* poggiata su un ripiano.

«Ma che hai capito! A parte che così ci si tiene giovane il cervello, e un po' di parole crociate non fanno mai male. Ma comunque lei le fa di mestiere: si inventa i cruciverba, li costruisce, capito? Per quello dico che ha la sensibilità linguistica. E anche matematica.»

I cruciverba. Massimo assaporò la notizia con un misto di sentimenti: era felice di sapere qualcosa in più su di lei, era incuriosito da questo mestiere un po' bizzarro, che a ben guardare le stava a pennello, ma in qualche modo gli faceva tristezza realizzare di conoscerla ancora così poco.

«Be', doveva pur esserci qualcuno che fa questo mestiere qua...» commentò, cercando di apparire indifferente.

«E meno male. Ciao caro, torna pure quando vuoi!» rispose Rina, riprendendo le sue faccende.

«Ciao. Anzi no, aspetta un attimo. Magari potrei portarle io quegli scatoloni che dicevi per mettere i vestiti, no? Così mi faccio perdonare del trattamento che le riservano ogni volta i miei amici... mi sembra giusto verso di lei... come cliente, intendo.»

«Sì certo, solo come cliente. Va bene, puoi prendere tutti gli scatoloni che vuoi, anzi tutti quelli che riesci.»

«Perfetto. Grazie.»

* * *

Massimo se ne tornò verso il bar con gli scatoloni, la pianta, il vassoio e uno strano senso di precario entusiasmo misto a paura, come quando sei sulle montagne russe e il carrello rallenta un po' sulla cima della salita e tu sai che sta per partire una corsa mozzafiato e muori dalla voglia, ma se ci pensi bene firmeresti per essere bello tranquillo sul divano di casa.

10

Interferenze

Sɪ dice che gli occhi siano lo specchio dell'anima per farla un po' poetica, ma sarebbe più esatto dire che sono lo specchio del cervello. Il cervello, dal canto suo, ben protetto dalla scatola cranica su altri fronti, è invece molto accessibile da quella via.

Per questo molte persone si schermano con gli occhiali da sole in modo da occultare quella frattura di ingresso alla propria intimità. O, come dice Battiato, c'è chi si mette degli occhiali da sole per avere più carisma e sintomatico mistero.

Valentino (caffè ristretto) detto Mastrolindo ci teneva in egual misura a mettere in mostra i pettorali e a nascondere i pensieri dietro a un bel paio di Ray-Ban. Ma dal suo sorriso a trentadue denti s'intuiva che aveva una rivelazione da fare.

«Riga'. M'avete preso in giro, mi avete sfidato. Ma ora ve lo posso dire. Non ho dovuto nemmeno impegnarmi chissà che, anzi m'ero quasi scordato della storia. Ma ieri mentre camminavo qua n'a piazza me sento

’no sguardo addosso che praticamente me spoglia col pensiero, sapete? No, non so se v’è mai capitato! Io so’ anche abituato, però mi giro e chi ti vedo?»

«No, chi ti vedi? Dimmelo che non ce la faccio più», fece Dario con aria drammatica.

«Davvero nun ce dormo la notte», commentò Antonio l’idraulico (deca lungo) senza un minimo di autoironia.

«La francesina! Quella dell’altra volta, ve la ricordate? Quella del tè nero.»

Massimo fece cadere una pila di stoviglie che stava portando dalla lavapiatti allo scaffale.

«Che botto, ma che è successo, stai male?» esclamò Mastrolindo.

«No, no, scusate», rispose Massimo, rosso in faccia, «sono solo scivolato.»

«Lascia che ti aiuti, in questi giorni sei veramente un disastro, io te lo dico sempre che dovresti prenderti una vacanza», commentò Dario.

«Sì e poi lascio tutto in mano a te? È già tanto se quando torno trovo il bar ancora in piedi...»

Dario si rivolse ai presenti: «Dice così solo perché una volta mi sono dimenticato la valvola della pressione aperta per qualche ora. Che sarà mai, una piccola distrazione!»

«Vabbè», disse Mastrolindo, «ho capito che non me state a senti’ perché ve rode darmi ragione ancora una volta. Comunque ve lo dico lo stesso: io l’ho salutata e lei ovviamente era tutta in imbarazzo che l’avevo beccata come mi stava guardando. Poi però ha trovato coraggio e mi ha chiesto il numero di telefono. Capito? Non devo nemmeno fare lo sforzo ormai... vengono da me come le api al miele, è la mattanza dei tonni, devo solo allungare le mani e *tac*: acchiappata!»

«Mah, contento tu. Probabilmente ti avrà scambiato per un altro», commentò Dario, che aveva notato in Massimo una certa agitazione e voleva chiudere lì il discorso.

«Sì, sì, bravo lui, ha sempre l'ultima parola. Torno alla prossima puntata e vi faccio sapere.» Mastrolindo lasciò le monete sul bancone e se ne uscì ancora più tronfio del solito, se possibile.

E pensare che poco prima, con la paura e la voglia che lo accompagnavano dall'incontro con Rina (ci aveva pensato e ripensato ed era giunto alla conclusione che in qualche modo lei gli aveva dato una sorta di nullaosta, pur senza dirlo esplicitamente, il che significava soltanto una cosa: che, secondo lo spiccato sesto senso femminile, la cosa poteva funzionare, anzi magari c'era già scappato qualche riferimento, visto che Rina sembrava sapere vita, morte e miracoli di Geneviève, neanche fosse sua zia), aveva piantato il gelsomino nel vaso rettangolare contenente pitosforo moribondo fuori dal bar. Però non l'aveva ancora innaffiato perché secondo Dario e Antonio l'idraulico non bisognava farlo nelle ore più calde della giornata. Ma quel rituale della piantumazione gli era sembrato qualcosa di sacro, come la posa della prima pietra di una nuova vita. Poi si era bevuto un bel bicchiere di acqua gasata, fredda ma non gelata, e aveva idealmente brindato a questo nuovo inizio.

Poteva bastare la visita di quell'ignorante a rovinargli la giornata? Hai voglia a dire di no, hai voglia a fare finta di niente, ma il tarlo ormai era lì che lavorava sottopelle.

In fondo che era successo? Nulla, proprio nulla, ma

nella testa di Massimo si era accumulato un fronte temporalesco che prometteva fulmini e saette. Vai a sapere cosa capita a volte ai nostri sentimenti, senza una vera e propria ragione all'improvviso si perde la bussola e si acquista in cambio una zavorra insostenibile.

Per una strana congiuntura astrale, verso metà pomeriggio i due baristi rimasero soli per qualche minuto.

Dario tirò fuori una bottiglia e riempì due bicchieri.

«Visto che ultimamente ti diletti con il tè, bevitene uno al limone bello freddo. Non sarà raffinato come quelli che stai studiando tu, ma almeno rinfresca le idee, e non solo.»

«Grazie», fece Massimo senza riuscire a togliere un velo di tristezza dalla voce né a sorridere.

«E dài, non ti buttare giù così!»

«Ma che dici, non ho nulla.»

«Come no? A parte il fatto che ti conosco come le mie tasche, ma non mi serve nemmeno questo piccolo particolare, visto che anche al buio ti si leggerebbe in faccia quello che provi.»

«Ah», ribatté Massimo in un estremo tentativo di difesa, «e cosa proverei? Sentiamo!»

Dario gli assestò una pacca sulla spalla: «Che te lo dico a fare? Quella francesina ha, come dire? ...rapito le tue attenzioni».

«Anche tu con 'sta storia? Ma siete tutti matti...»

«Sarà... comunque lascia che ti dica una cosa: Mastrolindo parla solo per dare aria alla bocca e poi dovresti essere contento, ti risparmia un sacco di fatica: se la ragazza fa per lui, non fa per te e viceversa. Come quando a poker sei indeciso se andare a vedere o meno perché non hai 'sto gran punto, ma sospetti che l'avversario stia bluffando e ti dà fastidio lasciargli il piatto, e poi, alla fine, lo vede qualcun altro, tu ti metti la coscienza a posto e risparmi i soldi e la fatica della puntata.»

«Non ho capito che c'azzecca questa cosa del poker, ma in fondo è vero che se una ci sta con Mastrolindo allora non è proprio la mia anima gemella.»

Dario a questo punto si sentì di calcare la mano un po' di più, come se l'aver esplicitato la questione avesse rafforzato la sua teoria: «Infatti, sì. Ma una che sta con Mastrolindo a te manco ti piacerebbe. Ti pare? Con tutto che io non la trovo affatto simpatica, quella ragazza, non è il personaggio da accompagnarsi con Valentino nostro, te la vedi? Lei tutta scontrosa che non spiccica una parola e non ti dà mai una soddisfazione insieme con quello che sta sempre lì a guardarsi i bicipiti nello specchio! Non s'è mai vista una cosa del genere!»

«Ah, l'hai notato anche tu che si guarda i bicipiti? Come diceva sempre il babbo, lo specchio dietro al bancone è il nostro terzo occhio!»

«Infatti sì, solo noi lo potevamo trovare un tipo simile...»

«Gli va bene che il bar è il luogo democratico e accogliente per eccellenza, altrimenti, se poco poco ci fosse una selezione all'ingresso, lui sarebbe il primo a saltare!»

«E dài, sei proprio geloso!»

«Ma no, che c'entra!»

Questo era il bello di Dario. Non che ti venisse a sfrucugliare, ma con leggerezza ti offriva la sua spalla, tra la seria confidenza e lo scherzo, sempre pronto a sdrammatizzare. Perché la vita poi è così, pensò Massimo, e gli venne in mente chissà perché la canzone di De André *Il gorilla:* un surreale dramma che però offre sempre qualche spunto per ridere, anzi ridere è un bisogno primario, un diritto e forse anche un dovere. Si domandò se quella ragazza ostile e imbronciata fosse in grado di cogliere il dramma (questo sì, con ogni probabilità), ma anche poi di riderne: lui credeva di sì.

Be', anche quel giorno arrivò in qualche modo l'ora di tirare giù la serranda, ma lui non si dimenticò di bagnare (abbondantemente, come suggerito da Rina) il gelsomino della speranza, prima di fare l'usuale passeggiata per smaltire le tossine del lavoro.

Anzi, c'era un ulteriore dettaglio da sistemare, la solita scemenza da quattro soldi che però gli causava tachicardia, sudori freddi, secchezza delle fauci e chi più ne ha più ne metta: doveva portare gli scatoloni a Geneviève. Appunto. E, visto che aveva rotto il ghiaccio con le varie consegne di tè a domicilio, riuscì a compiere il percorso fino al pianerottolo in un tempo ragionevole e persino a suonare il campanello senza pensarci troppo su. Solo che questa volta davvero non rispose nessuno. Massimo aspettò un paio di minuti buoni e riprovò, ma ancora una volta dietro la porta non udì alcun rumore.

Allora prese la penna e un foglietto dal taschino e si sedette su un gradino, con lo sguardo alto verso una crepa del soffitto in cerca di ispirazione.

Di tentare un'incursione nel francese maccheronico non se ne parlava nemmeno, dato il grado di simpatia che finora gli aveva mostrato l'enigmatica ragazza, però non voleva neppure essere troppo formale per poter entrare un po' in intimità, stando ovviamente ben attento a non spaventarla. Oddio, si disse, mi ritrovo qui a farmi mille paranoie su uno stupido biglietto, e sì che sono adulto e vaccinato e pago le tasse!

Cara Mademoiselle (scegliere come chiamarla non fu facile, ma alla fine questa soluzione gli sembrò spiritosa oltre a salvarlo da eventuali incresciosi errori nella scrittura del nome di lei), *ti lascio alcuni scatoloni da parte di Rina, mi ha detto che ti servono. Se hai bisogno di altro aiuto chiamami quando vuoi, sappi che per me il cliente ha sempre ragione...*
Menò (quello del bar)

Forse quella del cliente se la poteva risparmiare, però chissà, magari lei si sarebbe incuriosita, avrebbe cercato di tradurre, insomma sarebbe stata costretta a pensare a lui almeno per qualche istante. Prima di lasciare il biglietto Massimo scrisse il proprio numero di cellulare, non si sa mai.

Ma il destino aveva in serbo un altro scherzetto perché quando ci si mette d'impegno, si sa, ha una fantasia perversa e illimitata.

E così, svoltato l'angolo all'inseguimento della brezza che si era finalmente sollevata, Massimo vide una scena che non avrebbe voluto vedere.

Chiuse gli occhi e li riaprì perché, anche questo si sa, quando hai nella testa una persona qualche volta ti vengono le traveggole e quella persona ti sembra che spunti ogni due per tre tra la folla, nell'ombra della notte e persino nelle foto dei giornali. Ma quella ragazza seduta al tavolino era Geneviève, oltre ogni ragionevole dubbio. O quantomeno la sua gemella, con la stessa frangetta e gli stessi capelli mossi, né lisci né ricci, con la stessa gobbetta sul profilo del naso, con le stesse lentiggini accentuate da un lieve rossore sulle guance e ovviamente gli stessi occhi verdi, che però da quella distanza non si lasciavano ammirare pienamente perché erano occhi di quelli che vanno visti da vicino.

Lei era lei. Ma quel bar non era il suo bar. E quell'uomo seduto al suo fianco non era lui.

Aveva la sensazione che quell'immagine gli fosse entrata nel corpo e gli rimbalzasse qua e là urtando tutti i suoi organi interni. Dopo un momento di paralisi, Massimo riprese a camminare, convinto di lasciare una scia di sangue lungo la strada.

11
Un sacchetto di biglie

DIRE che Massimo dormì bene quella notte sarebbe una tremenda menzogna, anzi, a un certo punto si ritrovò a invidiare Antonio l'idraulico che di sicuro almeno ci aveva fatto l'abitudine.

Faceva caldo, una zanzara continuava a tormentarlo con il suo fastidioso ronzio per poi sparire appena lui accendeva la luce. Il campionario di posizioni provato era degno di un contorsionista d'avanspettacolo, il gregge di pecore contate avrebbe destato gli interessi di parecchie multinazionali del settore, il rubinetto gocciolava e il cervello di Massimo continuava a girare come una trottola senza volerne sapere di arrestarsi. Lui lo chiamava il vortice di pensieri: in buona sostanza non riusciva a spegnere la testa, ma solo a passare da un argomento all'altro, come una televisione perennemente accesa sulla quale si può solo cambiare canale.

Ovviamente quando gli succedeva c'era sempre un problema in particolare. Non è che pensasse solo a quello, anzi spesso riusciva mirabilmente a evitarlo, ma non poteva in alcun modo prendere sonno.

Ogni due per tre guardava l'orologio e ricalcolava quanto tempo gli rimaneva prima della sveglia. In alcuni momenti si domandava se avesse dormito o meno, sì, perché appena si poneva il problema era certo di essere sveglio, ma aveva una strana impressione dei minuti trascorsi in precedenza, come se fosse in *trance*.

Si trovò sulla spiaggia, bambino. Suo padre lo sollevava per i piedi e trascinandolo tracciava la pista per le biglie. Erano quelle biglie di plastica colorata con dentro le foto dei ciclisti. Lui cercava Felice Gimondi, ma non lo trovava. Al posto dei ciclisti c'era invece la foto di quel personaggio occhialuto che era al tavolino con Geneviève. Non quel tipo di occhialuto stile talpa che c'era una volta, ma un occhialuto modaiolo. Suo padre gli diceva di stare attento perché quello era un *hipster*. Massimo lo guardava e si domandava come facesse papà a sapere cosa fosse un *hipster* (per inciso, nemmeno lui ne aveva un'idea precisa).

«Tua sorella ha sete», aggiunse suo padre, «non te lo dimenticare.»

I ricordi di questa conversazione erano la prova che Massimo aveva effettivamente dormito almeno un po'.

Inutile dire che anche quel mattino arrivò lo sferragliante Antonio l'idraulico, puntuale e inopportuno come il mal di pancia.

Massimo decise che la miglior difesa è pur sempre l'attacco e partì con una filippica sui motivi che l'avevano tenuto sveglio, omettendo soltanto la storia delle biglie e dell'occhialuto presunto *hipster* (segnandosi mentalmente sul taccuino degli appunti di andare a vedere cosa significa poi *hipster*, magari suo padre aveva voluto dirgli qualcosa).

Antonio, abituato a tediare l'universo mondo con le proprie paturnie, fu colto in contropiede e pensò: Ma quant'è noioso questo ragazzo, cosa me ne può fregare a me delle sue notti insonni, con rispetto parlando?

Cominciò a dare segni di disagio, finché annunciò di avere un appuntamento urgente e se ne andò.

Dario arrivò prima del solito: «Lo sai che poi ho quella visita dall'urologo, te lo ricordi, vero?»

«Oh no, mannaggia a te e al tuo amato urologo. Proprio di sabato? Qui sembra di stare nell'inferno di Dante, anche se non ho ancora capito in quale girone. C'è il fornitore del caffè, quell'altro delle bibite, deve venire il tecnico a fare la revisione della Gaggia e poi ultimamente di sabato stanno venendo le famigliole che si fanno la colazione al bar prima di partire per il weekend. Con 'sti ragazzini che, per carità, sono tanto bravi e belli ma tutte le volte dovresti portare il tavolo all'autolavaggio. E io di mani ce ne ho soltanto due...»

«Ma di che ti lamenti? Qualche cliente in più non ha mai ucciso nessuno... che, hai dormito male? Hai una faccia che non se po' guarda'.»

Massimo lo guardò storto: «Proprio così. Ho dormito male. Ma male male. Ah, e poi senti, te lo dico così almeno evitiamo le solite battute del cavolo: lo vedi quel calendario, lo vedi che giorno è?»

«Ventiquattro luglio... Santa Cristina e Sant'Anita. Conosci qualche Anita per farle gli auguri?»

«No, lo vedi che ho fatto un cerchio sulla data?»

«Sì Mino: comincio a pensare che ti sia venuto il ciclo o qualcosa del genere...»

Massimo sbuffò: «Allora se non lo capisci te lo spiego: oggi è il giorno che mi tolgo quella ragazza dalla testa, va bene?»

«Va bene. Sì, certo, nulla in contrario.»

«Che è quel sorriso? Non c'è nulla da ridere.»

«Scusa, ma rideresti anche tu: un giorno mi fai una testa così, poi di punto in bianco cambi le carte in tavola, chi ti capisce è bravo.»

«Lascia fare: non è il mio tipo.»

«Ah sì. Non per insistere, anzi, ti ho detto che non mi sta per niente simpatica, ma com'è che ti sei svegliato con quest'idea, hai avuto una rivelazione dell'arcangelo Gabriele?»

«Allora. Intanto non mi sono svegliato perché in pratica non ho dormito. E poi le cose si sa che o vengono naturali o non vengono. Qui ci sono troppe difficoltà, troppi intoppi, insomma non è cosa. Per questo ho segnato la data, per tua norma e regola. Mettiamola così», Massimo puntò il dito sul calendario, «prima di questo giorno lei non c'era, non sapevo chi fosse, non esisteva, e la mia vita andava benissimo, d'ora in avanti tutto tornerà come prima, ok?»

«Sì, sì, chi ha detto niente, mo mi fai preoccupare, sai che sei strano ultimamente?»

Come Massimo aveva previsto, dopo che Dario lo lasciò solo, la situazione non tardò a diventare incandescente.

Metti il caffè sul filtro della macchina, la tazzina sotto, premi il pulsante, nel frattempo versa l'acqua gasata, l'aranciata per il figlio di Gino il macellaio, prepara il caffè al ginseng per Lino Germani con l'inseparabile cane Junior, nel frattempo la lavastoviglie avvisa con il suo bip che ha finito il giro e allora tira fuori il cestello, ma stai attento che di là il caffè è pronto e Tonino il meccanico se gli si fredda il caffè lungo tende a lamentarsi più del necessario, con la coda dell'occhio vedi tornare Antonio l'idraulico – ma lavoro solo io? –, prepara il grappino per il sciur Brambilla perché la gente ama essere servita senza dover domandare – è questa la differenza tra un buon barman e un campione –, ma gli scontrini chi li batte adesso? Vado adesso, vado adesso, vado, ma ecco che il lavandino è pieno, forse devo scendere in magazzino a prendere altra acqua.

E fu in quel momento che Luigi il falegname rovesciò con una manata maldestra il suo caffè corretto sambuca: un grande classico.

«Eh no! Proprio adesso? Ma io non lo so, con il mestiere che fai per me è un miracolo che hai ancora tutte le dita a posto!»

Massimo pulì il bancone con lo straccio, poi dovette passarlo anche nella parte che in teoria i clienti non dovrebbero mai valicare. Ogni volta non poteva fare a meno di stupirsi per quanto un liquido sembri aumentare una volta fuoriuscito dalla sua tazzina.

Non voleva più rialzare lo sguardo verso quella muraglia umana di avventori.

Erano quelli i momenti in cui avrebbe voluto schiacciare il tasto pausa, fermare tutto, salutare le figure paralizzate dei suoi clienti che ormai erano quasi dei parenti, prendere congedo da questa versione della sua vita e tornare al giorno in cui aveva dovuto abbandonare gli studi e schierarsi dietro al bancone del bar *Tiberi*. Non che gli dispiacesse com'era, ma avrebbe tanto desiderato sapere come sarebbe stato. Ma niente *sliding doors*, quella era la sua vita e in quel battito di ciglia la muraglia umana di avventori, ne era certo, non era arretrata di un passo.

Così si decise a rialzare lo sguardo.

Fu allora che incontrò due occhi verdi su uno sfondo di lentiggini, un naso con la sua gobbetta, capelli chiari e mossi, né lisci né ricci e, per un istante, dimenticò la muraglia umana, le biglie di plastica con i ciclisti, i caffè e le scelte della sua vita, compresa quella di cerchiare la data di oggi sul calendario.

Poi il brusio di sottofondo riprese più forte di prima e Massimo, con la fronte imperlata di sudore, si trovò a respingere una mareggiata di richieste. Intanto alla cassa si era formato un capannello di gente in attesa di pagare e il tempo è denaro, anche il ventiquattro luglio.

La ragazza, che evidentemente aveva una calamita negli occhi in sostituzione della favella, catturò la sua attenzione e accennò in direzione della cassa.

«Io... Aiutare. Vuoi?»

Lui rimase di sasso, ma oggettivamente non era in condizione di fare complimenti e annuì con forza: «Certo, sarebbe un onore che tu...» Non fece in tempo a finire la frase che lei si era già accomodata dietro alla cassa, come se l'azione potesse vincere qualsiasi altro imbarazzo.

Lui si mise un momento alle sue spalle e le mostrò il funzionamento basico del registratore di cassa, poi tornò in plancia dietro la vecchia Gaggia.

Se fino a poco prima si era sentito il capitano che affonda eroicamente insieme con la sua nave, ora gli pareva di essere un generale che ha appena scorto in lontananza i sospirati rinforzi dopo aver resistito strenuamente all'assedio di un nemico ben più forte di lui.

Adesso era tutta un'altra musica. Geneviève macinava resti e scontrini come se non avesse fatto altro in vita sua e, in breve, quell'ingorgo che ricordava il grande raccordo anulare nell'ora di punta si fece più gestibile. La tranquillità fu ristabilita. E nei rari momenti di pausa era riuscita anche a bere dal suo immancabile thermos un sorso di tè nero alle rose.

Vorrei vedere se entrasse ora quel buffone di Valentino, pensava Massimo che adesso sentiva con la ragazza un legame improvviso e inscindibile. La sua determinazione si era sciolta come neve al sole e già si vedeva avviato all'altare e a una vita comune dietro a quel bancone.

Non gli sfuggirono gli sguardi indagatori e le risatine dei vari Tonino, Lino, Luigi, del Bognetti poco più in là e soprattutto di Pino il parrucchiere, maestro d'indiscrezione, ma dopotutto pensò che non gliene importava niente: dicessero e facessero quello che volevano, lui era sulla cresta dell'onda e voleva rimanerci.

Quello che restò davvero perplesso fu Dario, di ritorno dalla sua visita.

«Vabbè che chi va via perde il posto all'osteria... ma se me lo dicevi me la prendevo più comoda, mi avevi messo un'ansia addosso!»

«Sì», fece Tonino, «certe cose con l'urologo è meglio farle con calma!»

«Anche perché ce la si gode di più», rincarò la dose Luigi il falegname.

«Ma questi sono sempre in giro? Visto che mi hai sostituito alla cassa non è che posso farti da buttafuori?»

«Ma di che?» disse Massimo, «questi se non stanno qua sono in mezzo a una strada: praticamente noi svolgiamo un'importante funzione sociale accogliendo queste persone che, troppo vecchie per i centri di recupero per il disagio giovanile e troppo giovani per l'ospizio, non hanno altro posto dove andare.»

«Infatti, sì... troppo giovani fino a un certo punto, però.»

Geneviève, che nel frattempo aveva ripreso il suo contegno freddo e distaccato, lasciò il bancone e con un gesto delle mani indicò a Dario di accomodarsi, poi salutò i presenti con un cenno e fece per andarsene.

Massimo però non voleva farsela sfuggire in quel modo e la seguì, lasciando per un momento il destino del bar alla responsabilità del suo vecchio amico.

«Aspetta!»

Lei era già in strada ma si fermò. Lui la raggiunse e indugiò a guardarla: era bello trovarsi così vicini, poteva vedere il battito del suo cuore sulla tempia e sul collo, la pelle accesa dal calore e dal movimento, le lentiggini come un alfabeto di segni ancora indecifrabili, ma che con il tempo avrebbe potuto studiare a memoria.

«Dove scappi? Volevo ringraziarti. Senza di te io non so come avrei fatto, sarei morto, annegato, affondato, kaput, mi capisci?» Massimo rincarò la dose mimando alcuni modi classici di morire.

«Capito. *Tu es mort?*»

«Senza di te sì. Tu mi hai salvato. Grazie, *merci.*»

«*De rien*. Io... brava?»

«Avoja!» rispose Massimo di getto.

«Hai voglia? Di cosa?»

Massimo si passò una mano tra i capelli e fece una smorfia pensando a un modo per spiegarle il significato di ciò che aveva detto.

«No. Non è: hai – staccato – voglia. È come se fosse una parola sola: *haivoglia*. In dialetto romanesco vuol dire 'tanto, molto'.»

Si accorse che Geneviève gli stava guardando le mani con curiosità e si ricordò che gli stranieri dicevano sempre che gli italiani gesticolano che sembrano matti, allora sorrise, si nascose le mani dietro la schiena e alzò le spalle, imitando un gesto che aveva visto fare a lei più volte. Non si sa come, ma ebbe l'impressione che questo suo ragionamento si fosse trasmesso perfettamente a lei; non che fosse chissà che cosa, ma sono quelle prove di empatia che ravvivano il sentimento come piccole scariche di energia.

Lei sorrise. Era un sorriso radioso, aperto e bellissimo come il primo raggio di sole dopo la pioggia, come un fiore appena sbocciato e come un'infinità di cose che non si possono descrivere ma soltanto guardare.

«Hai voglia... tanto», ribadì lei.

«Sì. Tanto», sussurrò lui.

Ma gli incantesimi sono fatti per spezzarsi, le piazze sono piene di grida più o meno volgari, le porte dei bar non sono certo luoghi tranquilli e appartati, così lei ricambiò l'alzata di spalle e disse con un filo di voce: «Vado», anche se era ancora troppo presto per muoversi e lui d'istinto la fermò: «No! Voglio dire, no, torna. Torna più tardi che ti offro un caffè quando c'è meno gente, tanto ho capito che il tè non lo saprò mai fare come lo vuoi tu quindi è inutile, no?»

Massimo si fermò a riprendere fiato e a domandarsi se lei avesse capito, prima di ripetere per sicurezza: «Vieni qui dopo. Ti offro un caffè. Va bene?»

«Ciao Menò», disse lei e si voltò, lasciandolo solo con i suoi dubbi.

12

Geneviève nel Paese del caffè

MASSIMO passò il pomeriggio un po' a interrogarsi e un po' a insultarsi.

Verrà?

Non verrà?

Cosa avrà pensato?

Cosa non avrà pensato? (domanda poco pertinente, ma gli innamorati sono così).

Sono un cretino. La invito e non le dico nemmeno a che ora.

Sono un incapace. Faccio il barista da una vita e lei mi becca in panico che non so gestire una minima emergenza sovraffollamento.

Sono un pasticcione. Le avrò fatto pietà, le avrò fatto tenerezza, per questo mi ha aiutato. Ma la tenerezza non ha mai fatto innamorare una donna. Ci vuole fascino, coraggio, controllo della situazione.

Sono un debole. Faccio mille propositi di dimenticarla e poi mi basta vederla per sdraiarmi ai suoi piedi come uno zerbino. Mi manca solo la scritta WILKOMMEN sulla schiena.

Sono un illuso. Lei è la più corteggiata del quartiere e io uno qualunque.

Sono senza speranza. E per giunta sudato.

Verrà?

Non verrà?

«Ma oggi non era il giorno che ti toglievi quella ragazza dalla testa?»

«Sapevo che l'avresti detto: sei proprio antico e scontato.»

«Ma, sarà, antico non mi dispiace neanche troppo, è un modo elegante e simpatico per dire vecchio.»

«No, che dici, vecchio tu? Non mi permetterei mai!»

«Sì sì, lascia fare. Intanto arrivarci alla mia età così...»

«Infatti, sì. Ma perché? Io non te ne do più di cinquanta.»

«Magari!» concluse Dario. «Non vorrei dirlo, ma passati i settanta un pochino cominci a pensarci, a quello che arriva.»

«Che è? L'urologo ti ha messo di cattivo umore? Di solito torni sempre in gran forma.»

«No, che c'entra. Sto una crema. Solo che ho passato i settanta.»

«Be', questo lo sapevi da un po'. Peccato che sembri più giovane di me.»

Dario sorrise: «Infatti è per te che mi preoccupo. Ti vorrei vedere un po' più allegro, altrimenti ti consumerai presto. Fa' qualcosa! Ti piace la ragazza? Benissimo:

giocati le tue carte. Non ti piace? Benissimo: ne troverai un'altra. Ma non stare lì a soffrire senza fare niente. La tua età è fatta per essere vissuta, tu forse avrai l'impressione che ci siano infinite possibilità davanti, invece sai cosa succederà? Un giorno ti ritroverai vecchio, magari anche un po' saggio se ti va bene, e le occasioni perdute te le ricorderai perfettamente perché verranno a trovarti ogni sera prima di dormire!»

Era giusto una nota appena percettibile e, forse, solo Massimo lo conosceva abbastanza per accorgersene, ma nell'ultima frase il tono di Dario lasciò filtrare un'ombra. Per associazione di idee a Massimo venne in mente quel giorno che la signora Maria gli aveva accennato alla cugina partita per Parigi e a quel senso di desolato rimpianto che lui non aveva raccolto. E allora pensò che bisogna imparare dagli errori commessi e che, se non poteva più chiedere alla signora Maria quale fosse la sua tremenda colpa, forse poteva dare al suo amico la possibilità di sfogarsi su qualche rimpianto passato.

Ma un rumore lo avvertì che qualcuno stava entrando nel bar, qualcuno con due occhi verdi che non gli bastavano mai, e siccome l'amore ha l'amore come solo argomento, Massimo si dimenticò della domanda che stava per fare, della domanda che non aveva fatto e avrebbe voluto fare e anche delle domande che si era fatto e non avrebbe voluto farsi.

Insomma, rimase fermo in contemplazione e nemmeno lei fece nulla per rompere il silenzio.

Dovette pensarci Dario, suo malgrado: «Embè? Vi

siete incantati? Non dovevi offrire alla signorina una ricompensa per il volontariato di stamattina?»

Massimo annuì ma, invece di darsi da fare dietro il bancone, raggiunse la ragazza, la prese sottobraccio e la guidò a un tavolino fuori dal bar, proprio vicino al gelsomino che gli aveva regalato Rina. Effettivamente aveva un profumo meraviglioso e lui, ogni volta che ci passava di fianco, si fermava ad annusarlo.

«Ecco, visto che ti piacciono i fiori ho deciso che questo sarà il tuo tavolo. Lo senti il profumo? E certo che lo senti, immagino che lo conoscerai già il gelsomino, vero? Tu stai qui, io vado a prepararti un caffè speciale. Ti piace la Nutella?»

Lei non disse una parola, affondò il viso fra i fiori bianchi e socchiuse gli occhi, poi annuì lievemente, non si sa se per i gelsomini o per la Nutella, ma Massimo lo prese come un sì e tornò in postazione.

Mentre ripeteva i gesti di sempre, recitò mentalmente una preghiera alla divinità pagana del caffè, sperando che la pozione magica alla quale erano legate le sue fortune facesse il suo dovere ora e per sempre, aiutandolo a superare le difese della sua amata. Ormai si sentiva un corteggiatore cavalleresco *sui generis*, e se qualcuno gli avesse detto che per conquistarla avrebbe dovuto uccidere un drago non se ne sarebbe stupito più di tanto.

Aveva l'impressione che Geneviève non fosse avvezza al caffè, anzi forse non l'aveva mai assaggiato, oppure chi lo sa, magari le avevano propinato una di quelle brodaglie che da noi non si potrebbero chiamare altrimenti che acqua sporca (non un caffè americano, che in fondo aveva una sua dignità quantomeno nel mostrarsi così com'era nei suoi bicchieroni giganti, ma quei pretesi espressi, forse la peggior faccia del finto made in Italy all'estero), e lei giustamente ci aveva messo una pietra sopra. A ogni modo, il caffè alla Nutella gli era sembrata una buona scelta. Visto che lei non sembrava una cultrice della materia bisognava catturarla con un prodotto poco convenzionale (di sicuro non era ancora in grado di apprezzare le sottili sfumature dell'arte del caffè), un po' furbo, diciamo la verità, che chiamava a raccolta nocciola e cacao per creare un'esplosione scenografica e di sicuro impatto. Non che Massimo fosse per i fuochi d'artificio sempre e comunque, anzi credeva che spesso gli effetti speciali servissero a mascherare altri difetti nella sceneggiatura piuttosto che nel cast, ma, come si diceva a ogni piè sospinto dalle sue parti, quando ce vo' ce vo'.

Fatto.

Il caffè alla Nutella era pronto e riempiva l'aria con il suo aroma.

Per la terza volta in un giorno, dopo il sorriso della mattina e l'immersione a occhi socchiusi nel gelsomino, Geneviève lasciò scorgere per un istante l'energia che si poteva sprigionare da una creatura chiusa e umbratile come lei.

Massimo, di fronte a certe fugaci espressioni, si scioglieva e struggeva come a volte gli era successo di fronte ad alcune opere d'arte (in quel momento gli vennero in mente le statue di Rodin o ancora di più quelle di Canova, che non riusciva a guardare senza un senso di vertigine) perché la sua mente e il suo corpo, davanti a una tale bellezza, si smarrivano e vacillavano.

«Ne vuoi un altro?»

Lei annuì.

Massimo in pochi minuti le servì il bis, che fu altrettanto apprezzato. Poi venne il momento di salutarsi, lei disse «grazie». Ed era l'unica parola che aveva pronunciato.

«Io proprio non capisco come fai a trovarla simpatica. Dico, se proprio vogliamo spezzare una lancia in suo favore, e non da poco, è che, non parlando mai, evita di dire un sacco di fregnacce come succede purtroppo a molti che ben conosciamo, così se salva da questo rischio restandosene lì in silenzio a sbattere i suoi begli occhi che voglio di', potrebbe farlo chiunque.»

«Be', non proprio. Con tutto il rispetto per i tuoi occhi se tu ti mettessi lì muto in un angolo non credo che mi faresti lo stesso effetto.»

«Voglio sperare!»

«Quindi l'hai notato anche tu che occhi che ha?»

«E chi non lo vedrebbe?»

«Ah ecco! Allora il discorso è chiuso.»

Un innamorato vive di stenti. Quella sera Massimo era troppo felice per mangiare, i ricordi di quelle espressioni e la speranza di avere finalmente schiuso una porta finora così ermeticamente serrata lo facevano sentire sazio abbastanza. Gli sembrava di camminare su una nuvola e niente poteva tirarlo giù.

La notte si addormentò come un bambino, anche perché era distrutto, e si svegliò di ottimo umore. Ma l'ottimo umore di un innamorato può svanire all'istante, nell'attesa di una persona che non viene, o al pensiero che domani è domenica e il bar sarà chiuso e sarà una giornata lunghissima, vuota e calda.

E fu così che i salti mortali del cuore di Massimo gli riportarono alla mente l'immagine di lei seduta al tavolino con quel ragazzo con gli occhiali alla moda. Sarà stato di sicuro un architetto o un designer, e forse si stavano tenendo anche la mano, oddio che pena, che sofferenza!

Massimo andò a cercare su Internet il significato della parola *hipster* per tentare di interpretare il messaggio che suo padre gli aveva voluto dare in sogno.

All'inizio tirò un sospiro di sollievo nello scoprire che il termine era nato negli anni Quaranta per designare i ragazzi intellettuali bianchi, appassionati di jazz e che imitavano lo stile di vita degli afroamericani. Gli sembrava improbabile che il ragazzo in questione potesse rientrare in quella categoria, non fosse altro che per ragioni anagrafiche.

Poi scoprì che il concetto era stato ripreso dagli scrittori beat per descrivere gli esistenzialisti, giovani circondati dalla morte e dalla minaccia atomica che decidevano di divorziare dalla società strangolata dal conformismo per vivere senza radici e intraprendere un misterioso viaggio negli eversivi imperativi dell'io. Parole di Norman Mailer. E qui si tratteggiava un rivale più complicato da gestire.

L'evoluzione attuale, invece, era il ritratto di un tipo poco sopportabile ma non troppo inverosimile agli occhi di Massimo: in pratica l'*hipster* si caratterizza per una voglia di distinguersi talmente marcata che si trasforma facilmente in un'altra omologazione. Seduto al tavolino di un bar free wi-fi con il suo Mac e il suo iPhone a ciaccolare di controcultura e indie rock, l'*hipster* è mediamente di estrazione sociale alta – altrimenti non potrebbe permettersi di starsene lì –, adora vestirsi di abiti usati perché è contro il consumismo, ma anche un pelo schifiltoso, tanto che alcuni importanti catene di abbigliamento create a uso e consumo di questi tipi vendono abiti finto usati, e non può fare a meno dei suoi pantaloni attillati e dei suoi occhiali con la montatura vistosa e, di solito, occhieggia nello specchio la riuscita della sua pettinatura apparentemente spettinata mentre sgranocchia il suo pasto biologico possibilmente a chilometro zero costato un occhio ma pagato volentieri.

Insomma, un *hipster* è un tipo insopportabile. E forse suo padre aveva ragione. Quel tipo lì, quello che minacciava le sue speranze di innamorato, era proprio un maledetto *hipster*.

Massimo passò la domenica a domandarsi perché ascoltare i Coldplay poteva essere improvvisamente diventata un'attività rischiosa, pena l'etichetta di sfigato, omologato e forse anche capitalista. Pur dando fondo alle proprie risorse intellettuali, non ci capì molto e decise infine di ringraziare papà per l'avvertimento ma anche di rimanere se stesso con i Coldplay, i film di cassetta e i romanzi d'amore *mainstream*.

Arrivò un lunedì stanco e stralunato, con Geneviève nella testa, vicina come se vivesse lì e lontana come se fosse sparita da mesi per fare ritorno sul pianeta d'origine.

La settimana però cominciò bene grazie a un pettegolezzo raccolto da Pino il parrucchiere su voci non smentite provenienti dalla moglie di Anselmo (che Massimo in realtà non aveva mai neanche visto), il cui nipote andava a scuola con il fratello di un amico di Valentino detto Mastrolindo.

Da quella fonte certificata (quand'è così è come se fosse Trastevere in persona a parlare, e Trastevere magari a volte parla un po' a vanvera ma mentire non mente mai) si venne a sapere che la ragazza francese aveva sì chiesto il numero all'aitante giovanotto che aveva fatto di tutto per attirare la sua attenzione, ma l'aveva chiesto per un motivo che all'inizio non era stato chiaro e che solo in seguito era arrivato alle orecchie della strada, che non si lasciano sfuggire nulla: lei si era convinta che il nerboruto ragazzone con quei bei bicipiti e quegli addominali ben scolpiti facesse di mestiere il traslocatore e l'aveva interpellato per sapere a che prezzo l'avrebbe aiutata a trasportare alcuni pesanti scatoloni. Lui ovviamente si era offeso e non ne aveva voluto sapere niente.

«Guarda il lato positivo. Pur di non ammettere la sconfitta Mastrolindo non si farà più vedere per almeno un mese...» commentò Tonino il meccanico.

«Ma noi ce lo siamo segnato e non lo dimenticheremo: quant'è dura la vita dello spaccone!» proseguì Dario.

Massimo rise sotto i baffi pensando che almeno uno dei rivali era stato eliminato. Certo, rimaneva sempre il perfido *hipster*, ma ora voleva lasciarlo perdere per un po'.

Nel primo pomeriggio abbondante, finite le pause pranzo e i caffè dopo pranzo, il clima divenne sonnacchioso e il bar si svuotò. Massimo e Dario si sedettero all'ombra nel retro dopo aver appeso alla porta un sonaglio a vento che in origine doveva servire per scacciare gli spiriti maligni ma che loro utilizzavano in quei momenti per segnalare l'ingresso di persone in carne e ossa, buone o cattive che fossero. E così, come al solito, al suono del bambù, se la giocarono a sasso-carta-forbice, colpo secco. Per due volte esposero entrambi la forbice, poi Massimo mise il sasso mentre Dario rimase coerente con la sua forbice: «Sei cocciuto, vecchio! Dovresti aggiornarti».

«Ah, giovanotto, un giorno lo capirai, cambiare non serve a niente: novantanove volte su cento è solo un fatto superficiale. Vado o perdiamo un cliente.»

Pochi istanti dopo si riaffacciò: «Mi sa che c'è bisogno di te», disse con un sorrisetto.

Massimo nel suo inguaribile ottimismo pensò subito a quale disgrazia poteva essere accaduta in così breve tempo. L'ultima cosa che si aspettava era trovarsi di fronte la regina e strega dei suoi sogni.

«Credo che qualcuno sia venuto a proseguire l'itinerario nel magico mondo del caffè... e stavolta niente trucchi da quattro soldi come la Nutella e via dicendo», aggiunse Dario lasciandogli la piazza.

Massimo era raggiante. «Scusa se non ti faccio accomodare per il momento, ma il caffè di oggi non va solo bevuto, va visto.»

Lei non aveva ancora detto una parola, ma in fondo che bisogno c'è di parlare quando ci sono quegli occhi e quelle lentiggini?

Così Massimo diede inizio alla danza del barman, lungamente provata allo specchio e, con movenze sinuose e armoniose, concedendo qualcosa allo spettacolo fece volteggiare il Boston shaker per poi versare in un bicchiere da cocktail un caffè ghiacciato, dolce e schiumoso, rifinito da una spruzzata di amaretto.

«Ecco qua: l'ideale per un pomeriggio afoso», disse mentre accompagnava la ragazza al tavolo del gelsomino.

Lei gli sorrideva dolcemente, come incantata da quello strano mondo che cominciava pian piano a conoscere.

Nei giorni successivi Massimo prese per mano Geneviève e la guidò alla scoperta del pianeta a forma di chicco di caffè. Lei lo seguì in silenzio come d'abitudine, regalandogli altri sorrisi, incantata da quella fragranza dolcemente speziata, da quell'aroma erboso, da quel profumo che passava dal caramello al malto per arrivare alla noce, e che lasciava un retrogusto al cioccolato di un'intensità piena, ricca e perfetta. C'era da perdersi. Come Alice nel Paese delle meraviglie. Anche se Alice nel Paese della caffeina forse non suona nello stesso modo.

La ragazza scendeva la mattina al bar portandosi dietro un astuccio, i fogli e un paio di quaderni, provava il caffè del giorno, spesso due volte, per imparare meglio la lezione, poi si metteva a scrivere e a lavorare. Effettivamente lo scoop di Rina la fioraia era fondato: la ragazza disegnava a mano tabelle con quadratini neri, inseriva parole e scriveva definizioni.

Altre volte riempiva della sua fitta calligrafia le pagine di un quaderno a righe. Sulla copertina c'era la riproduzione di un quadro di Magritte, e Massimo non poté fare a meno di prenderlo come un segnale di buon auspicio.

Lui la tentò con il caffè macchiato, la viziò con il caffè alla nocciola, la blandì con il caffè espresso classico, che, se non mi sbaglio, Henry James definiva il moro infuso del Levante.

Il bar, come ogni ecosistema, notò inizialmente questa nuova presenza, la mise alla prova (come visto in precedenza) e, vedendo che resisteva, alla fine l'accettò semplicemente, da un momento all'altro, come un nuovo membro della comunità. Lei, dal canto suo, forse anche aiutata dal caffè, imparò a non prendersela per le battute e gli sguardi indagatori. Continuava a rispondere per lo più alzando le spalle come le prime volte, però cominciava a capire, conoscere, a sentirsi un po' a casa, e i suoi occhi si erano fatti via via meno ostili, ma non meno brillanti.

Un giorno consegnò a Massimo un foglio scritto a mano con una bella calligrafia e la prima lettera incastonata in un disegno degno di un amanuense medievale: «Menò, ho scoperto il segreto di giovinezza di signor Dariò... questi sono gli effetti positivi del caffè».

«Grazie! Ma questa è un'opera d'arte. Mi farà un po' di pubblicità.»

Massimo appese dietro al bancone l'elenco delle proprietà benefiche del caffè:

Caffè perché:
non più sonnolenza, noia e depressione,
basta mal di testa e cefalea,
sono sveglia, veloce e più energica.
E non invecchio mai, come signor Dario.

«Ma non hai fatto nemmeno un errore, brava!»

«*Mon vocabulaire est bravo*», replicò lei. «Un giorno fare parole crociate a tema su caffè.»

«In francese o in italiano?»

«Credo che in Francia pochi capiscono di caffè.»

«Non è mai troppo tardi. Vero?»

«Vero.»

«Ah, guarda, ti ho portato un regalo», aggiunse Massimo e le diede una copia della *Settimana Enigmistica.* «Non so se sono bravi come te, ma qui sono considerati i migliori.»

«Io lo conosco», rispose lei, «come si chiama? Bartesaghì? *Très important.*»

«Certo, Bar-tez-za-ghi, è famosissimo, un mito. Comunque dicono che le parole crociate tengono giovani.»

«Come caffè!» disse lei che aveva capito solo l'ultima frase. «Oggi cosa fai provarè?»

«Ah», fece lui fregandosi le mani, «oggi ho una sorpresa per te.»

Massimo prese una tazzina di vetro e con delicati colpetti di polso ne coprì il fondo con una spolverata di cacao, poi ci versò una carezza di schiuma di latte e infine ci fece scivolare un caffè ristretto pronunciando un pezzo forte del suo francese: «*Et voilà!*»

Lei lo guardò e disse: «Questa è un'opera *d'art*».

Lo sorseggiò al bancone, poi annuì: «*Oui.* Arte. Il mio favorito. *Comment s'appelle?*»

«Marocchino. Buono, vero?»

E, visto che con il marocchino era andata bene, Massimo decise di tentare la fortuna con una cosa che aveva fatto finta di dimenticare in quei giorni: «Stavo pensando, ti andrebbe di venire a teatro con me? Ho visto che danno il *Rugantino* in un teatro molto bello. È uno spettacolo che parla di... Roma e amore. Secondo me è un'occasione da non perdere. Insomma, visto che sei qui, è un'opportunità per comprendere antropologicamente come siamo fatti noi romani... insomma, hai capito...»

Lei continuava a guardarlo in silenzio senza rispondere e lui non sapeva più che cosa aggiungere, quindi partì con la lezioncina che si era studiato sulla storia del teatro, tra una ricerca sugli *hipster* e l'altra. «Il teatro. Sì, il teatro è il teatro Gioacchino Belli, sai chi è? e chi non lo sa? È un teatro con una storia interessante perché un tempo era un monastero, dove ci avevano rinchiuso Lorenza Feliciani, la moglie di Cagliostro che era stato accusato di stregoneria.» Massimo era rosso fin sopra le orecchie perché sapeva di essersi avventurato in una spiegazione che lei non era in grado di capire, ma non poteva certo interrompersi a metà. Lei lo guardava con un'aria tra l'interrogativo e il sornione che minava ogni sua sicurezza e non gli rispondeva. Insomma, che idea gli era mai saltata in testa di invitarla?

«E questa Lorenza non è mai uscita da là, si disse che era sparita ma a tutt'oggi circolano voci di una donna senza volto che passeggia per queste vie nelle notti d'autunno e scompare all'improvviso con una risata satanica urlando il proprio nome nel buio, insomma quelle storie di fantasmi, sai? E certo che lo saprai, insomma devo andare avanti ancora? Io se vuoi ho un sacco di tempo a disposizione, insomma ci vieni o no a teatro con me?»

«Quando?»

«Anche... stasera?»

«*Oui.*»

Che dolce suono quella parola... Massimo si trattenne a fatica dal fare un triplo salto mortale di gioia.

13

Mannaggia a me

La serata era magnifica. La luna piena, poco sopra l'orizzonte, riempiva il cielo lasciando intravedere ai margini qualche pallida stella giusto perché le facesse da cornice. I vicoli di Trastevere fungevano da complice sfondo alle passeggiate romantiche delle coppiette accompagnandole con l'aria fresca e leggera, carica di baci, carezze e promesse.

Massimo camminava a testa alta accanto a Geneviève e sentiva il crepuscolo bisbigliare intorno a loro, convinto che Roma, l'estate e il vento stessero organizzando una cospirazione per aiutarlo nell'impresa. Era proprio vero: la tavola era apparecchiata (e dovevano ancora scendere in campo gli alleati più potenti).

Dopo il chiassoso e allegro ingresso nel foyer, la sistemazione in sala fra la gente che si salutava da lontano e il senso di attesa serpeggiante, le luci si abbassarono fino a spegnersi del tutto e il sipario si aprì.

Quello è un momento in cui si torna bambini e la magia si propaga rapidamente dal palcoscenico alla platea. Massimo ogni volta si ripeteva che a teatro bisogna andarci più spesso perché queste emozioni non si trovano da nessun'altra parte, poi tra una cosa e l'altra non riusciva mai a tenere fede a questo proposito.

Ma adesso era lì, in quella penombra carica di aspettative, di fianco a Geneviève, e non voleva perdersi nemmeno una virgola. Più che dello spettacolo, che conosceva bene, del riflesso dello spettacolo nelle espressioni di lei regalate dalla fugace illuminazione di scena.

Massimo sapeva praticamente a memoria la storia eppure, ogni volta, sperava che le cose andassero diversamente: sperava che Rugantino non si cacciasse nei guai, che si godesse la storia d'amore lasciando perdere gli amici e la scommessa. Puntualmente invece il giovanotto si metteva nei pasticci come da copione.

Ma questa volta Massimo era più impegnato a seguire Geneviève che seguiva lo spettacolo che lo spettacolo stesso. E ogni tanto cercava di darle qualche aiutino per farle capire i passaggi più difficili.

Arrivati al gran finale catartico, quando amore e morte si congiungono sul patibolo dove Rugantino perderà la vita ma ritroverà il rispetto di tutti e l'amore di Rosetta, il volto di Geneviève si rigò di lacrime che Massimo avrebbe voluto conservare in un'ampolla da mettere su un altare (non sapeva nemmeno lui da dove gli venisse quest'idea vagamente fetish).

Lui le prese una mano e lei ricambiò la stretta e solo quando dovettero applaudire la fine della rappresentazione si staccarono.

Poi si ritrovarono di nuovo fuori e come promesso

l'atmosfera da sogno dello spettacolo continuò a tenerli sospesi in un luogo imprecisato tra fantasia e realtà.

Camminarono canticchiando *Roma nun fa' la stupida stasera*, l'aria più famosa, e lui dovette ingegnarsi parecchio per spiegarle il *friccico de luna*, e poi la *ciumachella*, e poi i lanternoni, oltre a una serie di precisazioni su dettagli della trama che lei non aveva compreso completamente.

Fecero un giro più lungo del necessario, si affacciarono sull'isola Tiberina viva e illuminata con il suo cinema all'aperto estivo. Massimo avrebbe volentieri trascorso la notte intera passeggiando pur di non doverla salutare, ma, a un certo punto, si ritrovarono in piazza Santa Maria in Trastevere, proprio davanti al bar e quindi sotto casa di lei.

Un'idea è sempre un'idea ed è meglio di niente, per quanto peregrina, perciò Massimo la invitò a bere un caffè da lui.

«Lo so che non è l'ora, ma vedi, io credo che sia sempre il momento di un caffè, purché sia di quelli ben fatti. Poi tu hai finito il tè...»

Dentro il silenzio era rotto soltanto dal brusio irregolare dei frigoriferi. Geneviève si guardò intorno con aria stupita; Massimo la conosceva bene quella sensazione: quel posto cambia letteralmente faccia quando è vuoto, buio, diventa intimo e ti dà l'impressione di rivelarti qualche segreto, come tutte le cose viste fuori orario, fuori abitudine o fuori contesto, insomma in una veste diversa da quella abituale (sì, questa caccia al segreto era una fissazione per Massimo, un suo modo di interpretare la realtà).

L'orologio da muro alle sue spalle segnava mezzanotte e mezzo, quindi dovette buttare nel lavandino il primo caffè della mattina, come da tradizione.

«Faccio io?» domandò lei.

Lui era sorpreso, ma apprezzò l'idea: «Sì, ti insegno. Adesso guardami attentamente, poi tu fai il secondo giro, va bene?»

Lei annuì.

Con gesti molto più lenti del normale, Massimo sganciò il braccio centrale della vecchia Gaggia, lo capovolse tenendo fermo il filtro con un dito e lo batté due volte sul bordo del cassetto dove si buttavano i fondi.

La guardò come a dire: Ci siamo? Lei assentì con un cenno del capo e lui passò al macinino: «La macinatura è una delle cose più importanti», disse, poi posizionò il braccio della macchina sotto il macinino, fece scattare la levetta e, dopo qualche istante, la polvere di caffè riempì il filtro. Con un colpetto, Massimo fece scendere gli ultimi granelli rimasti incastrati, poi pressò al punto giusto con lo stampino e riagganciò il braccio alla macchina, sistemò le tazzine bollenti in loco, premette il bottone della vecchia Gaggia, aspettò che uscisse il caffè e, giunto al livello adeguato, fermò la macchina.

Infine lo servì sui piattini, non prima di averlo corretto con qualche goccia di amaretto di Saronno.

«Mmh, *c'est un paradis*!»

«Ti è piaciuto?»

La ragazza si leccò una goccia rimasta sulle labbra.

«Il tuo caffè è come una droga...»

«Sì però costa poco e non fa così male! Avanti, ora tocca a te.»

«*Oui.*»

Lei si avvicinò alla vecchia Gaggia osservandola con sospetto. Pareva che la macchina stessa avesse qualche remora a farsi toccare da mani estranee e lo espresse con un lungo sbuffo di vapore nell'aria satura di odore di caffè.

«Aspetta, non aver paura. Ti guido io, che è meglio. Non si sa mai, con questa cosa si può anche rischiare l'ustione.»

Massimo, in piedi dietro di lei, le prese le mani e cominciò a suggerirle le mosse da fare. Da inguaribile cinefilo *mainstream* (alla faccia dell'*hipster*), pensò alla scena di *Ghost* in cui il compianto Patrick Swayze modella il vaso insieme con Demi Moore con il sottofondo di *Unchained melody* e poi si sa come va a finire. Però evidentemente esagerò con l'entusiasmo perché sul più bello la ragazza si irrigidì, si ritrasse e lo allontanò.

I suoi occhi verdi ora sembravano spaventati, il suo respiro affannoso, come se l'aria non le bastasse, e qualche goccia di sudore le brillava sulla fronte.

Massimo la guardò come si guarda un servizio buono appena andato in frantumi sul pavimento (gli era successo, capita anche ai migliori).

«*Pardon*, Menò, mio caffè domani. *C'est tard*, io a casa.»

Era chiaramente una scusa ma in quel momento bastava salvare le apparenze.

«Sì, hai ragione. Ti accompagno.»

Non che fosse un gran tragitto, era certo meno dei famosi *cento passi* (daje col cinema... tanto era ovvio che stasera per addormentarsi avrebbe dovuto guardarsi almeno un film), però c'era tutto il tempo di sentirsi sbagliati, imbarazzati e impacciati.

La domanda era agghiacciante nella sua semplicità: Dove ho sbagliato?

Insomma, sembrava proprio che lei piano piano si stesse lasciando andare, sembrava proprio che fosse sul punto di... e invece. Invece lui non aveva saputo aspettare, si era lasciato trascinare dalla sindrome di Rugantino, aveva creduto di poter emulare Patrick Swayze e aveva fatto il passo più lungo della gamba.

Ora di sicuro lei si sarebbe ritratta come una tartaruga nel suo guscio e se era stato difficile smuoverla una prima volta, la seconda sarebbe stata un'impresa ancora più ardua.

Dove ho sbagliato?

Dove ho sbagliato?

Non c'era una vera e propria risposta ma un commento, questo sì: Mannaggia a me!

Be', Massimo era talmente impegnato a insultarsi (ultimamente capitava spesso), che non si accorse che erano già da qualche istante sotto il portone e Geneviève con le chiavi in mano lo osservava curiosa (dal suo sguardo capì che doveva avere una faccia strana).

«Menò, stai bene?»

«Sì, certo!» rispose lui con un volume fin troppo alto per autoconvincersi.

«Dài. Presto farò il caffè.» Lei ora sembrava sentirsi in colpa per il proprio comportamento. «È stata una sera meravigliosa. *Bonne nuit*, mio Rugantino.»

Detto questo, la ragazza gli piantò gli occhi negli

occhi, poi si avvicinò, si alzò leggermente sulle punte dei piedi e gli lasciò un bacio sulle labbra.

Massimo per un istante dimenticò il proprio nome, la professione, il luogo e il tempo in cui si trovava e aveva anche qualche dubbio sul pianeta. Quando si riprese da quel piccolo blackout, la ragazza era già sparita e il portoncino si era richiuso sbattendo, lasciandolo con il dubbio se quel bacio fosse stato vero o una creazione della sua fantasia.

14

Essere o malessere

MASSIMO passò la notte in compagnia delle sue paranoie. Non ne mancava neanche una.

Come gli capitava nei momenti complicati e decisivi, nel bene e nel male (ma ultimamente non ce n'erano stati così tanti, il che accentuava questo), sentì la mancanza di sua sorella Carlotta. Ovvio, anche di papà e mamma e della signora Maria, insomma di quelle persone che non c'erano più, invece sua sorella Carlotta per fortuna era viva e vegeta, peccato che ci fosse di mezzo l'oceano e questo a volte pesava.

Ma la lontananza aveva i suoi vantaggi: era più facile aprire il proprio cuore a una persona che poi non si era costretti a vedere ogni giorno.

Massimo accese il computer e scrisse una lunga mail che in men che non si dica raggiunse virtualmente le terre canadesi.

Oggetto: Essere o malessere

Sorellina,

c'è buio intorno e il buio è sempre pieno di sorprese. Ma come si chiese Amleto prima e meglio di me, e tanti altri a modo loro, non sarebbe meglio cessare di esistere e palpitare, lottare, soffrire e finalmente morire, dormire? forse sognare? eh, ma se poi non trovassimo pace neanche dopo? è il solo motivo per cui sopportiamo gli oltraggi della fortuna, i torti degli oppressori, i ritardi della legge, le pene di un amore respinto? la paura di qualcosa di peggio dopo la morte, questa terra inesplorata dalla quale nessun viaggiatore ha mai fatto ritorno?

No, non sono impazzito, che me ne sto qui a parafrasare il grande Willy. È che stasera sono andato a teatro e sono in vena di monologhi drammatici, possibilmente a tema funebre.

Che dire? Mi perdo in preamboli, non mi è facile arrivare al dunque, ma con te ce la farò, devi solo pazientare qualche riga ancora.

Non ho in progetto un insano gesto, non ti preoccupare.

Però riflettevo su questo: vivere pienamente, provare con ogni risorsa a inseguire la felicità con la effe maiuscola è bello, forse anche giusto, ma rischioso. All'improvviso ti senti nudo e privo di ogni difesa. Carne da macello.

Sono pronto a spiccare il volo e proprio per questo ho una maledetta fifa di spiaccicarmi al suolo.

Non lo so se sono ancora in tempo a tirarmi indietro eppure ho paura di andare avanti.

Vabbè, diciamo la verità. Anzi due verità. La prima è che ci sto dentro fino al collo, volendo o nolendo. La seconda è che me l'hai proprio tirata, perché, neanche a farlo apposta, con tutti quei tuoi discorsi sulla ragazza da sposare, l'uomo da sposare e via dicendo, mi hai chiamato addosso l'ira di Venere, che si è subito vendicata turbando senza rimedio la mia tranquillità.

Non ti avevo forse detto che i baristi sono casti e spirituali come monaci buddisti?

Ah, sorellina, mi è piombata tra capo e collo questa ragazza che non si sa proprio da dov'è uscita. Pare che sia una lontana parente della signora Maria e ha avuto la sua casa in eredità, che poi sinceramente io non ho ancora capito quale sia questo legame di parentela. Questa ragazza continua a essere un mistero per me. Fatto sta che me la ritrovo al bar, mentre sono lì bello tranquillo con le solite facce che non cambiano mai, ma sarà un problema questo? che è 'sta fissa del cambiamento? Chi ha detto che i cambiamenti debbono essere per forza positivi? Anzi forse a conti fatti gli svantaggi superano sempre i vantaggi, perché se ci pensi com'è la vita? tu cambi questo, cambi quell'altro, poi cambi ancora ricambi e dopo provi qualcosa di nuovo, e ti senti attratto da una novità e cerchi ciò che è diverso, cresci cresci cresci invecchi e muori. Forse, se tutto rimanesse sempre uguale, non ci sarebbe nemmeno la morte. Sì, lo so, forse mi contraddico rispetto all'Amleto e compagnia bella ma la terra stessa che calpestiamo è una contraddizione unica, quindi noi siamo contraddizione.

Mi sono innamorato, credo. E lei è francese: lo sai che per me è arabo.

Ti ho spiegato la situazione nei minimi dettagli, secondo te ho qualche speranza?

M

Re: Oggetto: Essere o malessere

Ti sei drogato? C'è poco da fare, sei irrecuperabile. Se lo vuoi sapere ne sono contenta, così almeno ti metterai in gioco fino in fondo. Tirarti indietro ora è impossibile. Non so nulla perché nulla mi hai spiegato, a parte le tue adorabili farneticazioni, ma proprio trovarti così farneticante mi fa pensare che ne valga la pena.

Se lei fosse talmente stupida da non volerti, cosa che mi sembra quasi impossibile, be', io credo che essere innamorati in un certo senso prescinda dal risultato. Insomma tu evidentemente hai bisogno di essere innamorato. È il tuo momento. Goditelo, provaci. E, se dovesse andare male, non scoraggiarti perché il tuo momento continuerà a esserlo e ne troverai un'altra.

Ma ho il piacere di annunciarti che fra poco potrò venire a consigliarti personalmente, anzi mi studierò per bene la ragazza per vedere se ne vale la pena. Che dice, che fa, perché ti sembra così irraggiungibile? Non mi dire che è una monaca? O una sposata?

C

P.s. Te lo devo dire perché può essere un segno del destino e i segni del destino non vanno mai sottovalutati. Il weekend scorso siamo finalmente riusciti ad andare via un paio di giorni nella nostra casa di... non so come chiamarla, se fossimo in Italia direi campagna, ma non è che proprio abbia molto a che vedere con la campagna, mi sa che è più che altro una casa di bosco, c'è anche il lago nelle vicinanze, dove il paesaggio si apre un po', insomma la casa te l'ho già descritta e ti ho anche invitato parecchie volte ma tu proprio non ci senti, ma non era questo il punto. Ecco appunto, meglio metterci un punto a questa frase che mi stava sfuggendo di mano. Il punto è che mi è capitato tra le mani il libro che mi avevi regalato tu per il viaggio in aereo. Te lo ricordi? Me lo sono letto in questi giorni. Nella dedica c'era scritto: *Magari non sarà Shakespeare, ma è emozione pura*. E, mentre leggevo questa storia d'amore, ti ho pensato molto. Mi sono anche detta che sei un romanticone (è il tempo degli *-one*) e che (lo so, lo so, lo dico sempre) hai tutte le carte in regola per farti travolgere da un'onda del destino. Forse te l'ho tirata addosso!

R: Oggetto: Essere o malessere

No. È una francese che fino a due settimane fa non aveva mai bevuto un caffè. Ti pare? Poi dici che io divago. È il post scriptum più lungo della storia. Quindi devo dare la colpa al caro vecchio Sparks?
M

Re: R: Oggetto: Essere o malessere

Ah be'. Questo è grave (caffè). Però se vuoi ti posso fare da interprete. Sia con lei che con il libro. Colpa o merito? Comunque ho pianto tutte le mie lacrime. Però vedi che dai libri bisogna sempre imparare? Lì è il mare che porta a Theresa il messaggio in una bottiglia con le parole di Garrett destinate alla moglie perduta che invece fanno innamorare lei. E poi è ancora il caso che continua a congiurare in tutti i modi. Tu dirai: è un libro. Sì, è vero, ma la lezione vale anche per la nostra vita: bisogna accettare ciò che il destino ci propone. E poi s'intitola *Le parole che non ti ho detto*, ascolta la lezione e cerca di dire tutto quello che c'è da dire. Traduzione dell'interprete: provaci fino in fondo. Mi sono bastate due righe per capire che devi farlo. L'intuito mi dice che questa ragazza è il tuo messaggio nella bottiglia. A quanto pare scritto in francese...

C

R: R: Oggetto: Essere o malessere

Ne avrei bisogno (dell'interprete)! Praticamente parliamo ognuno per i fatti suoi, anzi parlo solo io perché lei se ne sta sulle sue e io blatero e blatero, non so nemmeno se lei capisce o no... quindi a *le parole che non ti ho detto* andrebbe aggiunto un sequel: *le parole che non hai capito.*

M

Re: R: R: Oggetto: Essere o malessere

Forse anche meglio così!
C

R: R: R: Oggetto: Essere o malessere

Di sicuro meglio così.
M

Re: R: R: R: Oggetto: Essere o malessere

Però, se non mi dici niente, come ti aiuto? E soprattutto che cavolo ci fai sveglio a quest'ora?
C

R: R: R: R: Oggetto: Essere o malessere

I fantasmi mi tengono sveglio. Almeno io non sono in orario di lavoro... In effetti potremmo trovarci su una chat. Cosa ti devo dire?
M

Re: R: R: R: R: Oggetto: Essere o malessere

No, niente chat. La mail è così simpatica. Può essere lenta e paludata come le lettere dell'Ottocento, o veloce e sgrammaticata come la parlata di un portuale marsigliese. Non so... che fa, che dice, in che rapporti siete, la conosci o l'hai vista dietro la finestra con il cannocchiale? In pratica te l'ho già chiesto, ma tu glissi.
C

P.s. Scusa se te lo dico ma il riposo è sacro almeno quanto il lavoro, tra l'altro è vero: io sono in ufficio ma che colpa ne ho se sono efficiente al punto che a una certa ora non ho più nulla da fare? Senza contare che una mail del mio fratellone va festeggiata e onorata come si deve!

R: R: R: R: R: Oggetto: Essere o malessere

Mi stai mettendo alle strette, ho capito. D'altra parte sono stato io a cominciare e questo ti dà diritto di farmi tutte le domande che vuoi ma solo fino alle prime luci dell'alba (ora di Roma, non fare la furba, se devo aspettare fino al tuo domani mattina va a finire che mi cogli in castagna davanti alla platea del bar e mi rovini la reputazione), che tra l'altro non tarderanno. A parte che mi dovrai spiegare come mai conosci così bene l'eloquio dei portuali di Marsiglia. Ti dico due cose veloci perché il sonno alla fine si è appropriato di me, giusto un paio d'ore prima che suoni la sveglia (oddio!).

Che dire? La ragazza è entrata nel bar. Non si capisce se è timida o spocchiosa, comunque, sai com'è, ci mette tre ore a ordinare, poi chiede un tè nero alle rose (che c'è di male? boh, tu lo sai?) e i ragazzi la prendono in giro, sai come sono fatti. Così lei si offende e se ne va. Insomma il primo incontro un disastro. È una tipa ostica. Be', secondo me, dopo alcune peripezie che non sto a spiegarti, sono riuscito ad avvicinarmi un po', tanto che mi sentivo a un passo da riuscire nell'impresa, sai quando senti il sangue che borbotta e ti manca il respiro perché sei sulla rampa di lancio ed è partito il *countdown*? Ecco, a quel punto, lei si ritrae bruscamente, come se qualcosa le impedisse di lasciarsi andare. Però mi saluta con un bacio... sulla bocca. Così veloce che quasi non me ne accorgo ma poi me ne accorgo sì. Però mi domando: magari dalle sue parti ci si saluta così? Altrimenti perché ritrarsi e poi dopo baciarmi? E se mi baci perché non lo fai con più calma? Forse era solo per risarcirmi del fatto di essersi ritratta prima, però quel passo indietro era proprio terribilmente istintivo, quando invece il mio istinto mi precipitava dentro di lei come una calamita gigante e questa differenza è decisiva, terribile, molto preoccupante.

Ho paura di essermi infilato in uno di quei tritacarne tira e molla, sì e no e *graziemagaripiùtardi* che sinceramente oltre una certa età non si possono tollerare... o no?

M

Re: R: R: R: R: R: Oggetto: Essere o malessere

Ok. Devo andare altrimenti qui mi pagano l'ora di straordinario e mi sentirei in colpa per l'eternità (fuori dall'Italia anche gli italiani diventano civili e rispettosi). Secondo me vai, usa tutte le frecce che hai, insegui il sogno, è talmente bello avercene uno!

Sono così felice di essere tua sorella. Ci sono stati tempi in cui ti avrei strangolato, ma più divento grande (vecchia) più apprezzo quei fili invisibili che ci legano, quella sensazione intermittente di essere uguali, di intendersi al volo in modo atavico e unico. Non vedo l'ora di riabbracciarti. Prestissimo.

C

R: R: R: R: R: R: Oggetto: Essere o malessere

Ti voglio bene sorellina, ora ho sonno nfqoenblgcibigkxbcliblicvkqdg mi casca la testa sulla tastierngwwlncnlannazlaktnhttlwcnhwcn addio qnvokcw,hvnhc grazie di esisterwgnovnclvhcnlnxt.sndò.ncag,nk.

tuo,

Mwvbigbkjhvbkjxbvjbtvxkxjcgbqkbkerkywt

La sveglia lo tirò fuori dall'angolo più buio dell'universo. Schiacciò il rinvio di cinque minuti perché il cuscino con l'attrazione gravitazionale di un buco nero gli impediva di sollevare la testa anche di un millimetro.

Solo la paura di svegliare i vicini, in particolare la signora Fiammetta (che non beveva caffè per paura dell'insonnia, evidentemente un nemico comune) che abitava sotto di lui e aveva un sonno leggerissimo e se si svegliava non si addormentava più, lo trattenne dallo schiacciare una seconda volta (e una terza e una quarta e poi chissà) il tasto rinvio e, mischiata con la paura di non svegliarsi fino a mezzogiorno e di bucare per la prima volta da quando aveva diciott'anni l'apertura del bar, lo costrinse a sradicarsi dal letto.

Si buttò nella doccia nella speranza che l'acqua potesse svegliarlo. Si ricordò di quand'era bambino: si divertiva come un matto a stare sotto il getto, mezzo immerso nella vasca da bagno, immaginando di essere su una nave nel pieno di una tempesta. Adesso pensò a una spiaggia, a un diluvio tropicale e alla sensazione di lasciarsi piovere addosso. Ma non c'era tempo per rimanere lì ad arrugginirsi: la divisa da barman lo aspettava sulla sedia. Indossò la solita camicia bianca, i pantaloni neri coordinati con il gilet e il cravattino e si preparò a vivere una nuova giornata da supereroe del quotidiano.

Bene. Dopo i fantasmi e le suggestioni notturne, dopo il carteggio con Carlotta e soprattutto dopo quello strano bacio incomprensibile, gli sembrava proprio di aver scelto, tra essere o non essere, la prima ipotesi, tanto per non avere più rimpianti (se glielo dicevano Dario e Carlotta un motivo ci sarà stato, se poi anche suo padre si era preso la briga di venire a giocare a biglie con lui, se poi il destino travestito da messaggio in bottiglia aveva deciso di inviargli un segnale non gli rimaneva che arrendersi: il mondo reale e anche quello paranormale cospiravano perché lui si scontrasse con le forche caudine delle pene d'amore. E sia!).

15

Non si dice

Poi tocca rivedersi. È un insieme di emozioni vorticanti, parallele e contrarie.

C'era una buona fetta dell'imbarazzo disponibile sul mercato e qualche etto di timidezza quando Geneviève entrò di nuovo nel bar *Tiberi*, dopo essere mancata per un giorno, ribattezzato il giorno più lungo (ma rispetto a *quel* giorno più lungo infinitamente più tedioso e affatto privo di qualsiasi eroico cimento), seguito poi da una notte sulla quale è meglio soprassedere.

E non è che se stai male ti vengono risparmiate per grazia divina le paturnie di Antonio l'idraulico, le uscite trancianti del sciur Brambilla e le miserie di Luigi il falegname che probabilmente se si limitasse a pagare serenamente vivrebbe molto di più e più felice.

Fatto sta che Geneviève arrivò e volle proseguire l'itinerario nella terra del caffè, lui le diede corda volentieri, ma si vedeva che c'era qualcosa, come uno strato di polvere depositato sul loro rapporto. Entrambi glissarono sull'accaduto per non svegliare il can che dorme e Massimo si augurò che qualsiasi fosse stata la sua mossa sbagliata, sarebbe stata superata dall'abitudine a stare insieme.

Sì, però quello stesso giorno Geneviève chiese a Dario se poteva andare da lei a darle una mano con gli scatoloni dei vestiti della signora Maria. Capito? Con tutto che il signor Dario era un uomo grande, grosso e giovanile, ma aveva anche i suoi anni, e poi era stato Menò e non Dario a procurarle le scatole e a offrirsi di aiutarla: insomma era un chiaro tentativo di evitarlo.

Basta poco per andare fuori di testa, si disse Massimo, ed essere geloso del mio migliore amico ultrasettantenne non è certo un buon segno... sì, sì, vabbè, intanto lui è salito da lei e chissà mai che lei non abbia una di quelle preferenze... insomma, ognuno ha i suoi gusti, ci sono ragazze che preferiscono gli uomini maturi. Per quel che ne sapeva lui tutto poteva essere. Conosceva così poco di lei che ogni volta che si ricordava di questo dettaglio, Massimo si immaginava che la ragazza potesse volare via all'improvviso come un palloncino senza lo spago.

Tonino il meccanico lo distolse da quei foschi pensieri: «Ahò, ma che hai, dormi in piedi come i cavalli?»

«E sta' a vedere che adesso uno non può nemmeno starsene un po' a meditare!»

«Ah, stavi meditando. Scusa se ti interrompo, non è che me lo fai un caffè lungo? Sai com'è, visto che casualmente ti trovi dietro a quel bancone!»

«Sì vabbè, ma proprio perché sei tu.»

«Ah, a proposito, ho visto la tua fidanzatina che entrava nel portone con Dario, che è, ti sta rubando la ragazza quel vecchio marpione?»

«E daje! Ma qui gli affari suoi proprio non se li fa nessuno? *In primis* quella non è la mia fidanzata, levatelo dalla testa. *In secundis* ha solo chiesto a Dario di darle una mano con degli oggetti della signora Maria. E poi lo sai che con lui andiamo sul sicuro: con certe pratiche ha smesso nel primo dopoguerra.»

«Eh già, questo è quello che dice lui, poi magari zitto zitto... ma davvero si dice anche *in secundis*, dopo *in primis*? Non l'avevo mai sentito però mi fido, il latinista sei tu!»

«E che ne so, ci stava bene. Lo sai che ormai i miei studi classici risalgono alle calende greche.»

«Ah, però la cultura è come andare in bicicletta: una volta che impari non disimpari più.»

«Sarà.»

Tra un cliente e l'altro, Massimo trovò il tempo di rimuginare: Ma quand'è che tornano? Ma come si permette di fare una cosa del genere? Cioè in verità come si permettono entrambi, ma si sa che la donna si perdona subito, invece l'amico deve darmi delle spiegazioni. E poi sotto i miei occhi, e poi in orario di lavoro, e poi davanti a tutti. Ah ma io quasi quasi lo licenzio, così impara.

In quel momento Dario tornò, Massimo lo guardò negli occhi e si accorse di quanto fossero idiote e inutili le sue paranoie: Dario era un uomo buono come il pane e da lui non poteva uscire niente di male, bastava osservare il suo volto sincero e luminoso, sempre disposto a capirti, ascoltarti e se possibile aiutarti.

Anzi, con ogni probabilità salendo da Geneviève il vecchio Dario aveva buttato lì con discrezione qualche frase di quelle giuste ottenendo dei punti a favore di

Massimo. Peccato che la situazione di Massimo fosse disperata.

Ma come tutti i disperati per amore, Massimo era un disperato pieno di speranze e appena vide sul giornale che, alle scuderie del Quirinale, c'era una mostra del suo amato Jack Vettriano, il primo e unico pensiero fu di invitare Geneviève a vederla con lui.

Lei disse di sì (a volte la vita è così semplice: «Vuoi venire?» «Sì»), e quel sabato sera ci andarono.

Ancora una volta Roma fece la sua parte, le scuderie poi erano in grado di conquistare chiunque. Certo Massimo non dimenticava che la ragazza veniva da Parigi quindi, come dire, aveva il palato fino quando si parlava di bellezza, ma lui aveva grande fiducia nella propria città perché, con tutto rispetto, di città eterna ce n'è una sola e non c'è niente da fare.

Lui aveva le sue idee, non particolarmente originali ma molto chiare, in fatto di città: ce ne sono al mondo talmente tante e talmente belle e sorprendenti che aprire una discussione sarebbe improduttivo, per cui alla fine conveniva tagliare corto e, riassumendo l'essenza delle cose (glielo diceva sempre la sua professoressa di lettere del liceo: il riassunto è come un buon caffè, non è che basta scrivere un testo più corto, che sarebbe come mettere poco caffè lungo in una tazzina piccola, ma bisogna saper cogliere l'essenza e concentrarla in poche righe, così come nella tazzina dell'espresso c'è un aroma millenario e onnicomprensivo), le Città con la C maiuscola erano soltanto due, diciamo una per il passato e una per il futuro: Roma e New York. In fondo erano, a suo parere, le uniche città al mondo nelle quali potevi passarci anni senza perdere quel senso di meraviglia che ti faceva dire ogni due per tre, mentre camminavi per strada, con il cuore pieno di emozione: Sono a Roma, oppure: Sono a New York, con l'idea di essere al centro del mondo conosciuto.

Ovviamente lui era un po' di parte. E non si sarebbe azzardato a condividere la sua teoria con una francese, scontrarsi con l'orgoglio nazionale più sviluppato del mondo sarebbe stato un passo falso.

Condivise invece la propria preparazione sullo stile figurativo iperrealista di Jack Vettriano, pittore a suo avviso (e non solo suo) scandalosamente sottovalutato dalla critica, che a volte sembra fuori dal mondo, quasi gelosa del successo di pubblico, e si trincera dietro una sorta di snobismo intellettuale.

Nonostante i quadri parlassero da soli, Massimo ci mise del suo parlando a più non posso, come se il rubinetto della storia dell'arte una volta aperto si fosse trasformato in una cascata. D'altra parte era sempre stata una sua grande passione.

Il contatto con la bellezza, le atmosfere noir ed erotiche dei dipinti fecero il resto nel ricreare quella confidenza carica di elettricità tra i due.

In quei quadri c'era tutto quello che serviva: solitudini divine che improvvisamente si sciolgono nella sensualità. In quelle donne Massimo riusciva a vedere qualcosa della donna che aveva accanto. In quel momento preferiva le immagini private della presenza maschile, perché in fondo l'uomo di fronte alla donna è solo pallida imperfezione. Si fermarono parecchio davanti all'opera intitolata *In thoughts of you*. Lei è seduta su una poltrona coperta da un lenzuolo bianco e tiene in mano una tazza di tè, con lo sguardo perso oltre una finestra velata. Le sue gambe bellissime aggiungono perfezione a una figura che si vede e non si vede, che ci risucchia con la sua bellezza e ci respinge con l'altra mano per la sua algida freddezza. Massimo provò a raccontare a Geneviève la vertigine che provava di fronte a tutto ciò e a svelare il peso dei vari elementi compositivi e dell'uso del colore.

«Ma tu sei un esperto. Un professore...» commentò Geneviève ammirata.

Lui però non era riuscito a dire la cosa più importante e cioè che in quel dipinto ancora più che negli altri ci vedeva Geneviève. Certo, rivelare un pensiero del genere sarebbe stato come spogliarsi davanti a tutti. Perché cos'è l'amore se non vedere una persona anche dove non c'è?

«Solo un appassionato. Però mi sarebbe piaciuto studiare di più. Anzi quand'ero piccolo volevo proprio fare l'artista. Poi ho capito che di talento ne avevo pochino. Guarda. Hai una penna e un foglietto, o un tovagliolo?»

«*Oui.*» La ragazza tirò fuori dalla borsa una penna, poi aprì il suo misterioso quaderno di appunti su una pagina nuova e disse: «Più meglio, no?»

«Ammazza», disse lui, «devi smetterla di frequentare quel postaccio di bar, ti stanno insegnando una pessima versione della nostra lingua.»

Fatto sta che prese il quaderno e provò a disegnare un uomo. Era un omino stilizzato stile Keith Haring, facile facile eppure già da quello si poteva notare la linea tremolante, la pressione irregolare del tratto, il cerchio sbilenco della testa.

«Rendo l'idea? Hai capito?»

Lei cercò di non buttarlo giù di morale: «È... originale!»

Riprese il quaderno e aggiunse una riga storta che partiva dalla mano dell'omino con due ovali sbilenchi sopra e in cima uno sgorbio informe.

Geneviève fece un'espressione come a dire: Io ci avevo provato a difenderti, ma tu proprio insisti, non c'è nulla da fare!

Massimo fu costretto a scrivere una didascalia di fianco allo sgorbio: ROSA.

«Ah, una rosa! *Pour moi? Merci.* Grazie Menò. Sei un artista!»

Lui riprese il discorso di prima: «Be', come vedi non ci so fare molto, però ero così appassionato che ho deciso di studiare storia dell'arte, volevo diventare un critico, un professore, non so, insomma volevo lavorare nel settore. Per me era una cosa istintiva, una vocazione. Insomma, mentre gli altri correvano dietro al pallone o alle prime ragazzine, io sospiravo per un Caravaggio, per le linee architettoniche del quartiere Coppedè, per una fontana del Bernini. Visitavo le chiese, i musei, sia quelli chiusi che quelli a cielo aperto, naturalmente. E Roma mi tentava a ogni angolo con bellezze di ogni genere. Be', per farla breve la scoperta di non avere alcun talento fu un po' una delusione, però l'idea di studiare era una grande consolazione. Poi con il tempo mi sono accorto che era proprio la mia strada, voglio dire quella di osservare, non di fare... insomma a ciascuno il suo. Quindi mi sono iscritto al liceo classico, il primo della famiglia...»

«E poi?» L'intervento di Geneviève incoraggiò Massimo che già temeva di aver parlato troppo senza che lei ci capisse una virgola, invece sembrava sinceramente presa dall'argomento.

«E poi.» Si fermò un istante; certe cose non sono mai facili da affrontare, ma quando te lo senti te lo senti, quindi si decise a proseguire: «Poi il destino ci si è messo in mezzo come quei difensori che ti entrano a piedi uniti sulle gambe fracassandoti tibia e perone in un colpo solo».

«Ti sei fatto male?»

«No, era una similitudine. Insomma, quelle cose che ti arrivano di colpo, come quando a Monopoli peschi la carta degli imprevisti che ti manda in prigione senza passare dal via e tu in prigione ci devi andare e non ritiri neanche le ventimila di quando passi dal via. Ma tu capisci?»

«*Comme ci comme ça*... tu in prigione?»

«No. No. Io stavo studiando. Ultimo anno di liceo. Avevo l'esame di maturità dopo un mese. Me lo ricordo benissimo: era maggio, intorno c'era quell'anticipo di estate stupendo, io avevo preso sette nell'interrogazione di filosofia. Ero felice. Fuori da scuola vedo mia sorella Carlotta che era venuta a prendermi. Strano, penso, e a mano a mano che mi avvicino leggo nella sua faccia che qualcosa non va. È pallida, mentre intorno tutto è colorato.»

A rischio di non farsi capire, Massimo voleva raccontarla bene perché non gli capitava spesso di farlo, anzi, a dire il vero, era la prima volta che lo raccontava a qualcuno che non lo sapesse già come le poche persone con cui ne parlava, come Dario e sua sorella: «Le dico:

‘Tutto bene?’ E non vorrei stare a sentire la risposta perché già lo so che è successo qualcosa, hai presente?»

Lei annuì convinta e aggiunse: «Sì, capisco benissimo».

«Lei dice soltanto *papà* e mi si butta tra le braccia singhiozzando senza più riuscire a parlare. Senza nessun preavviso, qualcosa nel cervello di mio padre ha fatto *click* e lui è finito in coma. Dopo una settimana di ospedale, se n’è andato senza nemmeno il tempo di salutare. E così io ho mollato tutto, mi sono messo il gilet e il cravattino, e mi sono sistemato dietro il bancone perché era quello che dovevo fare. Non che sia infelice, lo so che non sempre si può scegliere nella vita, insomma è molto meglio farsi andare bene quello che c’è, solo mi piacerebbe sapere come sarebbe andata a finire se non fosse successa questa tragedia...»

Ed era vero: quando Alberto Tiberi (così giovane, dicevano tutti) se ne andò per sempre, Massimo si rimboccò le maniche e si caricò mamma e sorella sulle spalle senza più voltarsi indietro.

Ieri era uno studioso umanista, oggi un barista come suo padre e suo nonno.

Bisogna dire però che era proprio tagliato per il mestiere, quasi fosse una questione genetica.

Gli bastò poco per scoprire che non si trattava di soldi e nemmeno di senso del dovere. Era una questione di gioia. E di responsabilità: quella gente aveva diritto a quel bar, così come le persone hanno diritto alla casa, o a un amico, o semplicemente a una parola gentile.

Naturalmente era anche una storia di caffè. Ma non è difficile per gli animi sensibili cogliere il legame profondo tra vita e caffè.

Il bar *Tiberi* a Trastevere era considerato un vero luogo di culto dagli amanti di quella miscela nocciola-rossiccia, tigrata da una crema di non più di tre-quattro millimetri di spessore, dalla persistenza permanente, dal gusto corposo, rotondo, equilibrato e durevole.

Massimo aveva ereditato il talento sia tecnico che umano dei predecessori e non tardò a entrare nel cuore degli avventori, molti dei quali peraltro già lo conoscevano (e l'avevano sempre detto, loro, che prima o poi sarebbe finito anche lui dietro al bancone, il professore!).

Come ogni Tiberi che si rispetti, anche lui inventò la propria interpretazione personale, il caffè alla Nutella, al passo con i tempi, anche se forse suo nonno avrebbe storto la bocca. La gente faceva la fila per provarlo e persino un articolo apparso su *Il Tempo* aveva decantato i caffè speciali dei Tiberi.

Insomma, tutto bene, però, specialmente negli ultimi anni, dopo che mamma se n'era andata, Carlotta si era sposata e il bar ormai era la sua vita e non più una scelta obbligata, ogni tanto faceva capolino nella sua mente questa voglia di sapere come sarebbero andate le cose.

Nel silenzio che seguì, Massimo si accorse che Geneviève stava piangendo: «Anche questo capisco benissimo. Non si può scegliere *rien*. E non puoi cambiare passato».

Sembrava sul punto di aggiungere qualcosa ma poi si fermò. Era la terza volta in tempi recenti che qualcuno stava per confidargli un segreto e poi si fermava, almeno questa era la sensazione di Massimo.

Rimase in ascolto, ma lei si riscosse di colpo, cambiando tono: «Mannaggia a li pescetti!»

«Ah, e questa chi te l'ha insegnata? A chi devo dare la colpa questa volta?»

«Non si dice.»

Questa frase, *non si dice*, continuò a rimbombare nella testa di Massimo come se avesse un significato decisivo che lui per il momento non era ancora in grado di cogliere ma che gli gettava un'ombra sull'umore.

Camminarono nella solita galleria delle meraviglie fino a piazza Santa Maria in Trastevere.

«Sai, Menò. Mi spiace che presto io torno a casa, devo tornare *à Paris. Tu... me manqueras.*»

Era forse la frase più lunga che lei gli avesse detto. Lui voleva chiederle quando, ma la domanda gli rimase in gola perché aveva paura di sentire la risposta, aveva paura che fosse molto presto. Di sicuro era troppo presto.

Come l'altro giorno, dopo avergli spezzato il cuore lei si avvicinò e lasciò un bacio sulle sue labbra, indugiando una frazione di secondo in più, questa volta, tanto che lui fece in tempo a rendersi conto che stava succedendo.

Ma poi scappò via.

Sì, tornare a Parigi. Ma perché? E soprattutto, pensò Massimo, la brutta domanda era: da chi? Sì, perché uno poteva raccontarsela quanto voleva, ma alla fine era abbastanza ovvio che ci fosse qualcuno ad aspettarla laggiù.

Ma, ormai, era deciso. Tirarsi indietro non era più un'opzione. Prima di addormentarsi, Massimo capì anche perché quella frase, *non si dice*, l'aveva colpito tanto: perché lui si stava mostrando per quello che era, piano piano le stava raccontando la propria storia, mentre lei era ancora un mistero buio e fitto. Di lei non sapeva nulla.

Non si dice.

Si rigirò nel letto e poi si girò ancora, fino a quando si ritrovò seduto a chiedersi come mai non riusciva a prendere sonno. Era come se il suo organismo volesse costringerlo a lottare per ribellarsi alla fine inevitabile: lei tra poco parte e tu che fai, dormi? Ma nemmeno per sogno (ironia della sorte)!

Chi ha detto che *non si dice*? Si dice, si dice tutto, altrimenti che cosa ci si innamora a fare, perché si soffre così se non per cercare qualcuno con cui essere se stessi? Sì, era così, e avrebbe fatto ogni cosa in suo potere per farlo capire anche a lei.

Per fortuna era riuscito a ottenere il suo numero di telefono. O purtroppo, secondo la teoria che i messaggi scritti di notte sono sempre sbagliati perché dettati da uno stato d'animo suggestionato. Ma tant'è: quando la persona sta per andarsene anche le buone teorie perdono valore e tu devi finire il caricatore perché in caso di sconfitta non vuoi avere rimpianti, nemmeno mezzo.

Quindi prese il cellulare e le diede appuntamento per l'indomani mattina davanti al bar, chiuso perché era domenica. *Ah*, aggiunse, *porta un bicchiere*.

Si dice tutto.

16

Il rumore della cascata

Con la solita coerenza, Massimo, dopo aver constatato senza ombra di dubbio di essersi esposto troppo sulla bilancia del rapporto con Geneviève (e chi è troppo amato, amore non dà, come insegna la canzone), aveva deciso di alzare la posta e condividere con lei quanto di più intimo gli potesse venire in mente.

Se proprio non mi vuole amare, almeno che sappia cosa si perde.

E così la portò con sé nel viaggio delle fontanelle. Uno stratagemma che suo padre aveva inventato per invogliare Carlotta a bere acqua, visto che a un certo punto, da piccola, il più delle volte si rifiutava di berne e questo le aveva causato qualche problema di salute.

Alberto Tiberi aveva scelto sette fontane, perché sette è sempre un numero benaugurante: sette come i colli, i re di Roma, le stelle dell'Orsa e le Pleiadi, sette le coorti dei *vigiles*, sette i magistrati *septemviri*, sette i *septemviri epulones* e chi più ne ha più ne metta. Insomma, era un buon numero e, visto che di fontanelle con l'acqua buona e potabile a Roma ce n'erano a non finire, un limite bisognava pur darselo.

L'itinerario costruito da babbo Alberto, che la famiglia Tiberi ripeteva religiosamente ogni domenica e che tuttora Massimo talvolta percorreva (di corsa, unendo l'utile al dilettevole), era così bello che avrebbe potuto tranquillamente figurare in qualsiasi guida turistica, invece era destinato a rimanere parte di quel patrimonio inestimabile che solo una famiglia può possedere.

Geneviève si presentò puntuale davanti al bar, con la sua borsa dalla quale estrasse un bicchiere e il thermos di tè nero alle rose per mostrarli a Massimo come a dire: Hai visto che ho fatto i compiti?

Lui indicò il thermos: «Quello oggi non ti serve: oggi offro io. Anzi offre Roma».

Durante il viaggio, parte a piedi e parte in autobus, Massimo le raccontò varie storie di famiglia e le ragioni che avevano spinto suo padre a scegliere ogni singola fontana. Geneviève appariva sinceramente ammirata. Ogni tanto prendeva qualche appunto sul suo quaderno, o buttava giù un disegno stilizzato di qualche particolare (lei sì, un certo talento ce l'aveva). Quando, a un certo punto, disse a Massimo che le sarebbe piaciuto conoscere suo padre, lui si sciolse letteralmente e fu un miracolo se non scoppiò a piangere davanti a tutti.

Quando si gusta una giornata in ogni sfumatura, il tempo sfugge tra le dita come se fosse composto di infiniti granelli di sabbia... anzi, a voler essere precisi, non proprio infiniti, perché a un certo punto, finire finiscono, però sono così tanti e così piccoli che è impossibile contarli...

All'ora di pranzo si sedettero su una panchina con un'enorme vaschetta di fragole comprata in un chiosco vicino alla fontanella della Pigna, in piazza San Marco, scelta dal padre di Massimo perché la pigna portava fortuna e soprattutto perché Carlotta era ghiotta di pinoli e lui aveva potuto dirle che l'acqua che ne sgorgava era in realtà un succo di pinoli. E, guarda caso, da quella fontana semplice, elegante e non particolarmente antica (classe 1927) usciva un'acqua con un retrogusto zuccherino, che era considerata la più dolce di Roma.

Rientrarono che il pomeriggio stava già cedendo il passo alla sera, stanchi ma felici e mano nella mano come se fosse la cosa più naturale del mondo.

Questo contatto accese l'epidermide di Massimo che però aveva giurato a se stesso di essere paziente, di non forzare nulla, di non rovinare l'atmosfera anche questa volta. Per questo motivo tenne gli occhi bassi quando sotto il portone la salutò, perché sapeva che l'incontro con quei lampi verdi accesi nella luce del tramonto sarebbe stato irresistibile e irreparabile.

«Grazie per avermi accompagnato. Significa tanto per me. Anch'io vorrei poterti presentare mio padre, era una bella persona e le belle persone dovrebbero incontrarsi.»

Geneviève si schiarì la voce: «Grazie a te, Menò, per avermi *trasportato*».

Lui sorrise: «Portato. Si dice portato. Ma va bene così».

Lei arrossì. Era così bella...

«*Oui.* Scusa. Mio italiano è ancora... lavori in corso!» aggiunse accennando a un cartello stradale in fondo alla piazza, dove l'amministrazione con i soliti tempi geologici avrebbe dovuto riparare un buco nella pavimentazione.

«No, sei miglioratissima. Parli meglio di Antonio l'idraulico, questo è certo.»

«*Merci.* La tua acqua è stata buonissima. Quasi come il mio tè alle rose...»

La ragazza ci pensò un attimo, poi tirò fuori dalla borsa il thermos e lo porse a Massimo.

«Vuoi? Assaggiare?»

Massimo non aveva avuto il coraggio di chiederglielo, ma moriva dalla voglia di provare quella bevanda che sembrava parte della personalità di Geneviève. In effetti il sapore era forte e aromatico e in un certo senso andava dritto al cervello.

«Ti piace, sì?»

«Ah! Fantastico», Massimo si mise la mano sul petto e fece finta di inginocchiarsi, «giuro su quanto ho di più caro che non proverò mai più a riprodurre una bevanda del genere. Bisogna avere più rispetto e lasciare a ciascuno il suo mestiere, io so fare il caffè ma il tè non so nemmeno cosa sia, devo ammetterlo!»

«Non ti preoccupare, Menò, basta avere gli ingredienti giusti.»

Anche la sua voce era irresistibile, con la erre moscia e gli accenti sbagliati. Massimo era sul fiume nel tratto precedente alla cascata, sentiva il rumore farsi sempre più potente, sapeva che la sua ultima speranza di salvezza era gettarsi verso la riva e aggrapparsi a qualche ramo sporgente, eppure ipnotizzato dal canto delle sirene non riusciva a fare altro che lasciarsi trascinare verso l'inevitabile.

Era il momento di separarsi oppure no, il ricordo dei precedenti saluti stava lì tra loro attraente e sgradevole allo stesso tempo. Poi un rumore ruppe l'atmosfera: a Geneviève era caduto il mazzo di chiavi dalle mani tremanti.

Come se fosse una scena di un film romantico hollywoodiano, i due si chinarono contemporaneamente a raccoglierlo.

Con quel movimento si avvicinarono così tanto che sarebbe stato impossibile misurare lo spazio tra loro. Poi si rialzarono ma continuarono a rimanere a quella distanza. Ora non sarebbe stato possibile uno di quei baci veloci delle altre volte, perché quei baci partono da lontano e sfruttano la rincorsa per scappare via. Adesso doveva essere un bacio vero o niente. E superare quella piccola distanza non quantificabile era come tuffarsi da dieci metri di altezza. Poi chiudi gli occhi e ti butti e sei lì.

Baciarsi così è come fare l'amore. Anzi è il primo atto dell'amore. Quello che ti stupisce e ti fa dire: Sì, ma sarà vero? Vorresti darti dei pizzicotti per convincerti che non è soltanto un sogno, ma sarebbe stupido guastarsi questo momento di gloria (con tanto di colonna sonora e battito del cuore che si sentirebbe dall'altro capo del globo) passando il tempo a pizzicarsi il braccio, quindi conviene goderselo senza se e senza ma, tanto se poi si rivelerà un'illusione in qualche modo ce ne accorgeremo.

Di solito è solo contingenza se uno di questi baci non ci trascina sul letto o dove capita con l'urgenza imprescindibile del respiro o della sete di coinvolgere ogni centimetro del resto del corpo, perché questo sarebbe il suo corso naturale, così come un fiume va nel mare o un satellite lungo la sua orbita. Ma d'altra parte, se è vero che abbiamo costruito un mondo pieno di automobili e inventato le mine antiuomo, non c'è da stupirsi se non sempre il corso naturale delle cose coincide con il corso effettivo delle cose, perciò all'improvviso Geneviève si staccò da lui, o forse sarebbe più esatto dire che si strappò da lui. E, visto che un secondo prima erano una cosa sola – su questo non c'era dubbio alcuno perché i loro cuori pulsavano allo stesso ritmo insieme con i respiri e l'ondeggiamento dei bacini sovrapposti –, era evidente che lei fosse stata colpita da un pensiero altro, forte come un fulmine o qualcosa del genere.

Lo guardò con aria spaventata e disse: «*Pardon*. Non posso. Tra poco vado via. Non è giusto, comprendi?»

«No!» fece lui, e voleva dire: Non comprendo affatto, non è giusto, non puoi farmi questo, invece aggiunse: «Ma va bene, se è questo che vuoi va bene. Buonanotte».

E si girò lasciandola lì, affranto ma non pentito.

Per ironia della sorte, nella sua mente si introdusse un ricordo quasi blasfemo rispetto alla situazione, di quella volta che stavano guardando la partita di calcio della nazionale, in campagna: erano tutti insieme eccitati davanti al teleschermo, quando all'improvviso si era rotto il televisore e l'immagine si era ridotta prima a una linea bianca e poi era scomparsa del tutto. Non c'era stato nulla da fare e tra le altre cose l'Italia aveva anche perso, e niente era riuscito a togliere dalla testa di Massimo che la colpa fosse anche di quel televisore che si era fulminato all'improvviso guastando il sogno di una famiglia.

È vero, l'amore non è una partita di calcio e, tra l'altro, attualmente l'interesse di Massimo per il calcio era prossimo allo zero (anche per questo era un uomo da sposare, un uomo capace di portarti fuori a cena la sera del derby senza dovergli puntare una pistola alla nuca), ma è anche vero che la vita è una concatenazione di metafore e quella delusione infantile gli sembrava parente stretta del dolore che stava soffrendo in quel momento.

Se c'è un lato positivo nel precipitare da una cascata, per chi l'ha provato e può raccontarlo, è che, una volta attivato il processo, la cosa succede piuttosto in fretta e nel giro di pochi istanti, si ha chiaro se si è sopravvissuti o meno. Invece in questo caso specifico era come se Massimo fosse stato fermato con il tasto pausa proprio a metà del volo e ora se ne stava lì a guardare il precipizio sotto di lui senza sapere come sarebbe andata a finire.

Alzò gli occhi al cielo cercando una risposta: Ah, Maria, se almeno tu potessi aiutarmi a capire qualcosa di più su questa tua strana parente!

17

La cascata

PASSÒ ancora qualche giorno. Geneviève continuò a frequentare il bar come se niente fosse, rivolgendogli i sorrisi che all'inizio lui non avrebbe nemmeno sperato e non mostrando particolare imbarazzo, tanto che Massimo cominciò a sospettare che si potesse passare una vita intera a guardare l'abisso sotto i propri piedi senza che la forza di gravità riuscisse ad averla vinta.

Però il conto alla rovescia proseguiva inesorabile, lui cercava di non pensarci ma, quando c'era silenzio, poteva udirne il ticchettio. Presto lei sarebbe andata via, questo lo sapeva, e non c'era niente da fare. E, come se non bastasse, fra le fugaci ombre appostate sulla sponda scivolosa del fottutissimo abisso gli pareva ogni tanto di scorgere quell'*hipster* che non si era più visto in giro, ma rimaneva minaccioso sullo sfondo della mente.

Un giorno, era il dieci di agosto, Geneviève di punto in bianco se ne uscì con una richiesta bizzarra. Chiese a Massimo di radunare per quella sera alle nove i clienti più affezionati davanti alla fontana di piazza Santa Maria in Trastevere, perché aveva preparato una sorpresa per loro. Un po' stupito, Massimo obbedì. Meglio non contraddire una donna, gli disse una vocina saggia in fondo al cervello, specie quando ha in mente qualcosa.

I suoi amici ovviamente non si risparmiarono un tot di allusioni alla relazione tra i due: «Ma che scherzetto ha in testa la tua ragazza? Vuol farti una proposta di matrimonio?» E lui ogni volta sottolineava che non era la sua ragazza. Lo faceva però alzando le spalle, un gesto che, lo poteva vedere chiunque, aveva preso da lei neanche fosse stato contagiato da una malattia.

«Si vede però che vi frequentate, state diventando praticamente uguali», commentò Tonino il meccanico.

«Però minga trop: com'è che lù l'è rimast il solito ciula mentre lei l'è una tosa così inteligent?» intervenne il sciur Brambilla, che nonostante avesse risciacquato i panni in Tevere per anni aveva ancora un'inguaribile dose di milanese nel sangue.

«Eh, su quello c'è poco da fa': uno il cervello ce l'ha o non ce l'ha», disse Antonio l'idraulico, subito attaccato da Tonino: «E tu ne sai qualcosa, vero?»

Era il turno di Dario: «E nemmeno sull'aspetto fisico ci siamo del tutto. Senza offesa, Mino, ma lei è un fiore mentre a te, specialmente nell'ultimo periodo, non te se po' guarda', c'hai du' borse sotto gli occhi che neanche Mary Poppins!»

Quando si è tra amici le giornate volano, e in un batter d'occhio era già l'ora di chiudere e di raggiungere gli altri in piazza (per fortuna non era lontana).

C'erano tutti, da Lino con il cane Junior a Pino il parrucchiere passando per Alfredo il fornaio, Rina la fioraia e persino Paolo il sindacalista che non metteva piede al bar da un po' di tempo e non sapeva neanche chi fosse Geneviève, ma gli era giunta voce e aveva deciso di fare un salto, tanto una ragazza francese vale sempre la pena.

Lei si presentò con qualche minuto di ritardo come una star *sui generis*, dotata di tela e cavalletto. Sul cavalletto montò la tela coperta da un lenzuolo che poi fece scivolare giù svelando la propria opera tra il clamore generale.

Si trattava di un cruciverba gigante con i numeri e i quadratini bianchi da riempire. Geneviève agitò un foglietto: «Qui ho le definizioni. Grazie a signor Dario che mi ha aiutato con l'italiano».

Massimo guardò l'amico con sospetto e gli disse: «Però: lo sai tenere un segreto!»

«Eh certo», fece lui, volutamente a voce alta, «il valore di un uomo si misura sulla capacità di tenere un segreto!»

«Già, già, solo quando vuoi tu», commentò qualcuno ma il dibattito si interruppe perché un altro gridò: «E allora giochiamo o no?»

«Va bene, va bene, però fatela parla' 'sta povera ragazza, o devo andare a prendere un megafono?»

«Allora cominciamo?»

«Sì!»

«Daje! Io so' er mago dell'enigmistica.»

«Ahò, che ve state un po' zitti?» L'intervento di Rina la fioraia, tra l'altro la più seria autorità in materia di parole crociate, creò il silenzio necessario per cominciare.

«Uno orizzontale: Per essere un buon cliente è un buon cliente, ma al momento di pagare gli manca sempre la moneta oppure è andato a farsi un giro alla toilette.»

«Eh vabbè, ma allora ditelo che è così facile!»

«Ehi Luigi, è inutile che ti nascondi, fatti un po' vede'!»

Massimo era emozionato e commosso nel vedere quella ragazza così timida e introversa tenere testa a un branco di trasteverini doc sempre pronti alla battuta e allo sberleffo. Era straordinario come si fosse guadagnata il rispetto di tutti semplicemente rimanendo se stessa, forse giusto sciogliendosi un attimo rispetto all'inizio.

Si cominciò così, con il botto. Ma non mancarono indiscrezioni per ogni palato, dalla tintura di capelli di Angelo il tranviere che sembrava il segreto di pulcinella (e infatti ridevano tutti tranne lui), all'ipocondria di Antonio l'idraulico (che naturalmente negò fino alla morte ma dovette capitolare quando fu scoperto a estrarre il blister del Maalox per il bruciore di stomaco), alla propensione al lavoro di Tonino il meccanico (che invece ammise la propria preferenza: e certo, il lavoro è bello a piccole dosi). Nella definizione del sciur Brambilla (Milan l'è un gran Milan ma di bar come il *Tiberi* ghe n'è minga) c'era indubbiamente lo zampino del vecchio Dario ma Massimo era sicuro che la maggior parte delle osservazioni nascessero da Geneviève, tanto riservata e silenziosa quanto attenta al prossimo.

Insomma, passarono un paio d'ore di risate generali, anche perché, tra una definizione e l'altra, Geneviève scriveva il nome sulla tavola con un pennellino nero intanto che gli interessati si arrampicavano sugli specchi per evitare di ammettere i propri difetti.

Alla fine il megacruciverba prese forma e, sulla diagonale, comparve la scritta BAR TIBERI, che venne debitamente evidenziata.

Subito Mauro il corniciaio si impadronì del quadro

perché, a suo dire, meritava una sede adeguata e doveva essere appeso in pompa magna dietro al bancone del bar *Tiberi*. Massimo in realtà l'avrebbe appeso così com'era e soprattutto temeva che Mauro gli applicasse un cornicione dorato e barocco del peso di trentacinque chilogrammi e più grande del quadro stesso.

«Mi raccomando. Discrezione. Lo so che tu sei un artista della cornice ma questo quadro così geometrico ha bisogno di una cosa piuttosto essenziale, sei d'accordo con me?»

«Ma certo, Mino, per chi mi hai preso, so' trent'anni che faccio questo mestiere. Ho già in mente una soluzione eccezionale per mettere in risalto quest'opera pregiatissima.»

La frittata era fatta: Massimo si vedeva già a bucare il muro con il martello pneumatico per mettere su un tassello del ventiquattro in grado di reggere il catafalco di una tonnellata che di solito s'accompagna alle opere pregiatissime.

Tra saluti e ringraziamenti, piano piano la piazza si svuotò. Era chiaro che quello di Geneviève era stato un gesto di saluto, quindi la partenza doveva essere imminente, ma Massimo proprio non ce la faceva a chiederglielo, gli sembrava di mutilarsi da solo o tirarsi la zappa sui piedi.

Nell'uomo c'è ancora una timida traccia dell'animale che non si riesce a cancellare e così, come un cinghiale ferito raddoppia le sue energie ed è in grado per un breve momento di assalire chiunque, Massimo, sentendo l'imminenza della separazione, non poté fare a meno di giocarsi l'ultima carta, o quel bacio sospeso sarebbe rimasto lì per l'eternità senza andare né su né giù come il famoso ovo sodo.

Quando anche il signor Dario salutò Geneviève con un sorriso e un occhiolino, i due ragazzi rimasero da soli nel silenzio relativo della piazza: silenzio tra loro e sinfonia di grida isolate, tintinnio di bottiglie, chiacchiericcio e in lontananza qualche clacson e qualche motore su di giri.

«Vieni con me, ti faccio vedere una cosa», si decise infine lui e la guardò con una determinazione troppo forte perché non contagiasse anche lei. Stava per arrivare il momento e il momento sarebbe arrivato.

Massimo la prese per mano e la condusse verso il portone di casa e poi su per le scale, di corsa per non sentire il dolore ma solo l'istinto di sopravvivenza.

L'ultima rampa andava a schiantarsi contro una porta di metallo. Massimo estrasse dalla tasca dei pantaloni una chiave più lunga e rovinata delle altre e la infilò nella serratura. La porta si aprì cigolando e lasciò passare una ventata di aria fresca della sera, carica di odori, e con un po' di immaginazione anche quello del mare riusciva ad arrivare fino a lì.

La vista dalla terrazza condominiale era mozzafiato e quello spazio comune dove però, di sera, nessuno metteva piede regalava all'istante un senso di intimità e di proibito che si scontravano tra loro e alla fine ne uscivano d'accordo nel ribadire che stava per arrivare il momento, che il momento sarebbe arrivato.

Questa volta sì, la tavola era decisamente apparecchiata.

Geneviève osservava a bocca aperta la distesa sconfinata di tetti e colori diversi punteggiati di terrazzi, piante, vasi, tende, sovrastati dalle cupole romane qua e là. Massimo rimaneva sempre conquistato da queste immagini, si sentiva piccolo vedendo quanti altri luoghi e quante altre vite si dispiegavano in quello spazio, ma poi il suo spirito si elevava arrampicandosi sulla brezza ed era come se per brevi istanti lui e il resto del mondo diventassero una cosa sola. Era sicuro che anche Geneviève, rapita dal paesaggio, provasse quella sensazione.

Chiedendo idealmente scusa alla proprietaria (forza maggiore...) prese un lenzuolo asciutto da una delle corde per i panni e lo stese per terra.

Però fu lei a sedersi per prima e a invitarlo con un gesto, quasi a dimostrare che ormai marciavano allo stesso ritmo.

Da lì non si vedeva più l'orizzonte ma soltanto il cielo, dove si erano accese migliaia di stelle.

«Guarda. Questa è la notte di San Lorenzo, la notte delle stelle cadenti.»

Con un dito Massimo indicò una stella e ne seguì una traiettoria ideale fino a farla sparire oltre il parapetto e le sagome dei tetti. Geneviève lo imitò e con la mano tesa spinse una stella verso la Terra.

«Stella cadente... *étoile filante*. Menò, tu hai *désir*?»

Lui le sorrise: «Sì. Certo, come no? E tu ce l'hai?»

Lei si girò e lo fissò diritto negli occhi, quasi colpendolo fisicamente con l'intensità dello sguardo.

«*Oui. J'ai un désir. Et toi?*»

Massimo si avvicinò ancora un po', scuotendo leggermente il capo.

«Non te lo posso dire altrimenti non si avvera, però se vuoi te lo posso mostrare... vuoi?»

«Sì», disse lei, e ridendo aggiunse: «Hai voglia!»

«Già. Non sai quanta!»

«Non lo so. Quanta?»

Poi lui le precipitò addosso e questa volta il bacio poté seguire il suo corso liberamente fino in fondo.

Ogni centimetro di pelle era una scoperta sorprendente e sensazionale ma, al tempo stesso, sembrava di riassaporare un gusto già provato nella notte dei tempi di cui poi erano stati privati contro la loro volontà.

Sì, più che fare l'amore sembrava di rifarlo, con la stessa meraviglia di un monaco che rivede la luce del sole dopo tre anni e tre mesi e tre giorni di meditazione nella sua cella ed è in grado di cogliere ogni sfumatura del miracolo a cui sta assistendo.

Così. Ogni terminazione nervosa sentiva le carezze di tutte le altre e, nonostante l'emozione e l'impaccio inevitabile di una prima volta tanto desiderata da sembrare irraggiungibile, non ci fu niente di forzato, tutto fu perfettamente naturale come se a guidarli fosse una volontà superiore.

Massimo era un uomo di mondo e aveva la sua esperienza, quindi, non che avesse particolari ansie, ma in quei momenti in genere si impegnava per mantenere un certo distacco e per cercare il piacere femminile tentando diverse strade perché ogni donna è diversa. Ovviamente gli era sempre piaciuto fare l'amore, ma era come se stesse suonando uno strumento che richiedeva una grande concentrazione e quindi alla gioia si accompagnava sempre anche un po' di paura di sbagliare, di essere giudicato per la propria abilità.

Ora no. Ora non contava niente. Ora non rimase in

ascolto per capire cosa a lei piacesse o cosa no, perché sentiva solo la voce dell'istinto e non c'era nulla di sbagliato.

Alla fine si guardarono negli occhi e fu come se tutto fosse concentrato lì.

Una sensazione strana. Ma, se avesse dovuto raccontarlo (anche se non avrebbe saputo a chi, perché quando si parla tra maschi di queste cose si tende a essere molto più terra terra), avrebbe detto che avevano raggiunto l'orgasmo insieme attraverso lo sguardo, come se in quell'istante ogni stimolo sparso per il corpo fosse stato chiamato a raccolta nel flusso dello sguardo e di lì fosse prima imploso e poi esploso.

Massimo si girò verso l'altro lato e lei gli strofinò il viso sotto il braccio.

«Hai freddo? Hai la pelle d'oca...»

«Oca? No, se ci sei tu non ho freddo.»

A Massimo tornò in mente un'altra pazzia che aveva fatto negli ultimi giorni ma che aveva tenuto per sé. Tirò fuori dalla tasca un foglietto stropicciato e lo guardò alla luce della luna che stava sorgendo e che presto avrebbe scacciato le povere stelle di San Lorenzo.

Sospirò. Un po' si vergognava: «Ecco, io ho pensato di farti un regalo da portare con te visto che vai via e non voglio che tu ti dimentichi di Roma e neanche di me».

«Impossibile!»

«Vabbè, dicono tutti così, poi... intanto io ti aiuto con questa canzone che ti è piaciuta tanto, ma era difficile da capire. Mi sono fatto aiutare a tradurla, anche se non è stato facile.»

Lei rispose soltanto con un sospiro e lo baciò sulla guancia, lui lo prese come un incoraggiamento, si mise seduto, si schiarì la voce e cominciò a cantare in un francese tutto suo:

Rome ne pas me décevoir ce soir
Aide-moi afin qu'elle dise oui...

Nel silenzio che seguì l'incerta esibizione (Massimo non era molto intonato, ma in quel clima da *o la va o la spacca* non si era fatto troppi problemi visto che con gli occhi dell'amore un'esibizione stonata e sbilenca ha la stessa forza di un Pavarotti d'annata), Geneviève si avvicinò e gli diede un altro bacio, come se adesso non sapesse far altro.

«Ti è piaciuta?» le chiese.

«Hai voglia!» rispose lei.

«Certo. Di te ho sempre voglia!»

Poi lui le precipitò addosso e fu come rivedere la stessa scena di prima, uguale ma diversa, ovviamente ancora meglio, perché se uno è innamorato la volta più bella è sempre l'ultima, insidiata nel suo primato solo dalla prossima.

Quella notte che non era mai abbastanza volò via in un attimo e la vita reale li sorprese all'alba un po' straniti, riportandoli riluttanti rispettivamente l'una nel proprio letto e l'altro dietro al bancone del bar *Tiberi*.

18

La caduta

LA risposta alla domanda che Massimo non aveva osato fare arrivò da sola poche ore dopo.

Lei entrò nel bar trascinandosi dietro la valigia, lo zaino e il resto: non c'era dubbio che stesse partendo. Non domani, non tra due giorni, non questa sera: subito, adesso, *maintenant*!

Possibile che avesse già risolto le questioni burocratiche con la casa, l'eredità e quant'altro? Possibile. Era qui da più di un mese. Possibile che non avesse un briciolo di cuore e di pietà di lui? E perché questa fretta? Bisognava chiederlo a lei.

Aveva l'aria stravolta e gli occhi gonfi di pianto e non ci voleva Einstein per capire che il loro amore appena nato era già finito (gli sembrava di sentirlo, a Massimo, il sottofondo di *Se telefonando* che gli sbatteva in faccia una notizia che avrebbe già dovuto sapere da molto tempo).

Fu come se le due o tre persone presenti al bar scomparissero e un fascio di luce illuminasse soltanto lo spazio tra Massimo e Geneviève.

Lei si avvicinò lungo quella strada immaginaria: «Torno a casa, *à Paris*. Mi dispiace».

Massimo non si trattenne, anche se la voce che gli uscì era strozzata, così vicina alla disperazione da far sobbalzare gli spettatori involontari. Tonino il meccanico giurò a se stesso che mai e poi mai l'avrebbe preso in giro per questo. Forse.

«Noo! Ti prego non andare, resta qui. Resta almeno un giorno o due, no, non puoi andartene adesso.»

Ma nei suoi occhi lucidi come solo tra un pianto e l'altro non c'era un filo di speranza: «Ti prego, Menò, è troppo difficile. Devo andare. *Pardonnes-moi*».

All'improvviso la belva ferita si accorse di quanta ipocrisia ci fosse in quelle lacrime: Ma come? Cosa piangi se te ne stai andando? Alla fine è una tua scelta, no? Non può essere altrimenti. E così gli uscì, come sempre al momento sbagliato e nel modo sbagliato, il sospetto che lo attanagliava: «Tu. Tu hai qualcuno che ti aspetta a Parigi, vero?»

Lei spalancò gli occhi, spaventata da quell'aggressività inedita. Ti ho colta in castagna, pensò Massimo.

Lei si guardò intorno come un cerbiatto braccato e aveva scritto in faccia che avrebbe voluto essere ovunque tranne che lì a fare quella conversazione.

«Sì, Massimo. Sì. Bravo.»

Digrignò i denti per un istante e i suoi occhi si velarono di una rabbia improvvisa, proprio come la prima volta: *tu quoque*.

Voltò le spalle e se ne andò zoppicando.

Dario la seguì fuori dal bar e scomparve con lei dal

campo visivo di Massimo che tanto vedeva solo nero da qualche secondo.

Quando Dario tornò, un quarto d'ora dopo, lo trovò nella stessa posizione: chino in avanti con i pugni quasi conficcati nel bancone.

I testimoni oculari giurarono e spergiurarono di non averlo visto muoversi di un centimetro nel frattempo, manco fosse un mimo di piazza Navona.

Nella sua testa echeggiava una sola frase.

È partita. È partita davvero.

PARTE SECONDA

19

Porte socchiuse

È PARTITA. È partita davvero. Le persiane della casa sono chiuse. In un mese un incendio mi ha distrutto, rovinato, ha lasciato di me uno scheletro carbonizzato. Ho toccato il cielo con un dito solo per scoprire che era irraggiungibile. E adesso non so se è stata una grazia o una maledizione.

Questo più o meno pensava Massimo. In continuazione. A ripetizione. Componeva variazioni sul tema senza mai annoiarsi, senza mai assuefarsi, senza mai abituarsi, trovandoci anzi sfumature sempre nuove.

Se non era uno scheletro carbonizzato era uno spaventapasseri, un rudere abbandonato, un guscio vuoto, una divisa senza il corpo dentro. E via dicendo.

Se avesse dovuto scegliere una lettura per quel periodo della vita avrebbe scelto *I sepolcri* di Foscolo, se avesse dovuto scegliere un film avrebbe scelto una sua rielaborazione personale: *Quattro funerali e un matrimonio (immaginario)*.

In questo stato d'animo gli sembrò perfettamente coerente recarsi in pellegrinaggio sulla tomba della signora Maria. Portò con sé i fiori, e la sua disposizione spirituale era tale per cui non si sarebbe stupito se l'anziana signora si fosse alzata dal sepolcro per consolarlo, fargli una carezza e consigliarlo sul da farsi.

Invece sotto la lapide, vicino al cactus e precisamente dentro la sua tazzina sbeccata di Parigi (ah, scherzi del destino al quadrato!) trovò un biglietto che si sentì autorizzato a raccogliere, non fosse altro che per il posto in cui era stato lasciato.

Era un foglietto ripiegato su se stesso varie volte ma non era tanto rovinato, anzi sembrava piuttosto recente. E come poteva essere altrimenti? In fondo anche solo dal funerale non era passato così tanto tempo. Erano gli avvenimenti che allontanavano di molto quei giorni.

Massimo aprì il biglietto che, per come stava messo in quel momento, per lui poteva anche provenire dalla signora Maria in persona.

Invece ovviamente era rivolto a lei:

Cara Maria,

scusa errori, ma capirai, credo. Scrivo in italiano come posso visto che tu hai fatto tua lettera in francese come puoi. E in fretta, perché sto partendo per Parigi ancora. Non ci abbiamo conosciute mai, purtroppo e quando ho conosciuta la tua esistenza e l'eredità mi ho chiesto perché solo adesso, quando non potevamo più parlarci, e non prima. Una casa è molto bene, ma un affetto è meglio.

Ora ho avuto la tua lettera, subito prima di partire. E

di fretta voglio lasciarti un messaggio. Poi con il pensiero potremo parlare ancora, chi lo sa.

Il messaggio è che capisco e ti perdono. Visto tante foto nella casa, anche mia mamma. E un affetto di Dario, Massimo e tutti. Tu eri une personne fantastique, ho capito.

La vita è stata... ingiusta. Ti voglio dire che non avere rimpianti. Tu non è sbagliato, solo destino è stato così. Ho imparato di accettare. Ora vado aeroporto, a casa!

Ti voglio bene e mi spiace non conoscerti.

Tua,

Geneviève Remi

Massimo batté le palpebre per essere sicuro di ciò che vedeva. Sapeva per esperienza che l'immaginazione può fare brutti scherzi, ma giungere fino a quel punto sarebbe stato molto grave. Infatti il foglietto era lì e non scompariva e nemmeno le scritte, leggermente sbavate dall'umidità (forse una lacrima?).

Bene. Quel biglietto era un indizio. Come interpretarlo era un altro paio di maniche. Sta di fatto che qualcuno dall'alto tramava per impedirgli di togliersi dalla testa quella ragazza.

La signora Maria aveva scritto una lettera a Geneviève? E come le era arrivata, se è vero che le era giunta poco prima di partire? Era stata affidata in custodia a qualcuno? Il notaio forse?

E cosa poteva aver scritto la signora Maria a Geneviève? Una volta di più Massimo si rese conto di non avere per nulla chiara la situazione. Mmh, pensò, se fossi il personaggio di un racconto di Conan Doyle non sarei certo Sherlock Holmes.

Dunque, dunque. La signora Maria, l'ottima signora Maria, aveva qualcosa da farsi perdonare. Ma certo: come hai fatto a non pensarci? *Le mie colpe mi seguono ancora*, aveva detto dopo aver lasciato cadere la tazzina parigina! Forse in quelle colpe vere o presunte c'era la chiave di tutto.

Massimo si mise le mani fra i capelli e si insultò una volta di più. Dunque non solo, con il suo stupido egoismo camuffato da timidezza camuffata da rispetto per la privacy, aveva tolto a una persona in punto di morte la possibilità di liberarsi di un peso, ma aveva negato anche a se stesso la possibilità di conoscere una storia che gli avrebbe cambiato la vita.

Sì, perché allora avrebbe saputo come prendere Geneviève fin dall'inizio, avrebbe saputo come parlarle, avrebbe saputo capirla come probabilmente sapeva fare il suo fidanzato che l'aspettava a Parigi.

Ah, chissà quante stupidaggini le aveva detto alla luce dei suoi profondi drammi, e lei avrà pensato che quel povero italiano *pizza-spaghetti-mafia-mandolino* non era in grado di capire il profondo dolore che le impediva di aprirsi e darsi al prossimo.

Sì, certo, aveva ascoltato le sue storie melodrammatiche da italiano mammone e bamboccione, si era divertita nel teatrino romano, quello vero e quello finto, ma alla fine, gira e rigira, non lo aveva nemmeno ritenuto degno di raccontargli i propri segreti.

C'era stato quel momento dopo la mostra, chissà se

era vero o era solo immaginazione? Secoli fa. Sembrava che lei fosse sul punto di dire qualcosa, poi si era richiusa.

La storia della mia vita. Porte socchiuse che improvvisamente, forse sbattute dal vento, si serrano per sempre.

Massimo tornò verso casa con la camminata storta di un ubriaco, il mondo gli pesava sulla schiena e non c'era verso di reagire.

20

Per un pugno di dollari

TEDIO. Se avesse potuto riassumere in una parola il suo stato d'animo in quei giorni avrebbe usato quella.

Ripensava alle poesie di Leopardi studiate al liceo e mai come allora sentiva che avrebbe potuto scriverle lui se solo non fosse stato battuto sul tempo di quasi due secoli (nemmeno con la poesia gli andava bene, mannaggia a lui!).

Aveva provato a buttarsi sul lavoro e qualche risultato l'aveva ottenuto: nuove creazioni, come il caffè alla cicoria, il caffè alla curcuma, il caffè tonic (assaggiato da Dario e finito subito fuori produzione con tanto di rischio denuncia), il caffè al pompelmo acerbo, il caffè al rabarbaro e per concludere l'ipercaffè: un caffè concentratissimo guarnito di cacao amaro cento per cento che era impossibile bere senza una smorfia grottesca di disgusto.

Era più forte di lui: riusciva a sintonizzarsi soltanto con le sostanze più amare conosciute dall'uomo.

Guardava storto chiunque osasse chiedergli la classica bustina di zucchero (che ormai non metteva più sul piattino) sostenendo che lo zucchero alzava il colesterolo ed era una strada sicura verso l'obesità, mentre per il dolcificante dietetico aveva pronta la dotta argomentazione del sciur Brambilla sull'aspartame cancerogeno e solo dietro lunga insistenza cedeva allargando le braccia e dicendo: «Fai quello che vuoi, se vuoi rovinarti la salute, nonché il gusto del caffè, sei padrone, dopotutto sei adulto e vaccinato, però dopo non venire da me a piangere!»

L'apice lo toccò quando si rifiutò di servire a un cliente un caffè marocchino sostenendo di non averne mai sentito parlare. Quella volta il cliente, che era uno nuovo e ci rimase di sasso, indicò il cartellone dietro la cassa con l'elenco dei caffè e fece notare che il marocchino compariva in quella lista.

Massimo allora lo guardò diritto negli occhi e disse: «Ah sì?»

Poi salì su uno sgabello e con il pennarello tirò una riga sul nome: «L'articolo non è più in vendita. Se vuole un espresso sono qui, altrimenti ci sono tanti di quei bar in zona che non vedo quale sia il problema!»

Per fortuna il signor Dario ci aveva messo una pezza prendendo in mano la situazione e spedendolo nel retro a prendere una boccata d'aria.

«'Sto ragazzo è buono come il pane ma sta passando un brutto periodo. In realtà facciamo un marocchino che è 'na crema. Naturalmente offre la casa!»

Più tardi Massimo gli disse che voleva detrarglielo dallo stipendio.

«Ahò, spero che te stia a sfoga' e magari dopo torni

normale!» replicò lui, «e comunque lo mettiamo in conto a Luigi che un euro in più lo tira sempre fuori volentieri, no?»

No. Massimo non aveva alcuna intenzione di tornare normale. Prima cercava la luce, la bellezza, i segreti nascosti nelle piccole cose, ora gli sembrava che da ogni oggetto, da ogni muro e da ogni angolo delle vie giungesse sempre la stessa comunicazione: che tutto era grigio, triste e sporco e che nulla al mondo valeva lo sforzo di illudersi. Già alzarsi la mattina era un dovere triste e inutile e lui lo faceva soltanto perché aveva sempre fatto così e per ora non sapeva immaginarsi altrimenti, ma qualche volta era tentato di chiudersi in casa e non uscire più. Alcuni amici gli avevano suggerito che era tempo di farsi un viaggio, di cambiare aria, di dare una svolta, e lui sapeva in fondo che non era sbagliato, però gli mancava l'energia persino per ipotizzare un cambiamento, come se quel dolore che lo affliggeva fosse contemporaneamente l'unica cosa che lo teneva in vita.

Si può quindi immaginare con quale stato d'animo accolse il cliente che si stava avvicinando al bancone verso le undici della mattina del venticinque agosto o giù di lì.

Cliente con l'aria assonnata, la barba incolta e gli occhiali da vista dalla montatura che dava nell'occhio, i pantaloni aderenti, la maglietta bianca con il collo un po' sformato che sembrava ci avesse dormito, gli auricolari bianchi della Apple, uno nell'orecchio e l'altro spenzolante, insomma, sì: un *hipster*. *Quell'hipster*.

Il cervello di Massimo prese a mulinare vorticosamente centrifugando le ipotesi più assurde, dalla solita cara vecchia allucinazione (pizzicotto, battito di ciglia, ma lui era sempre lì), all'altro amante abbandonato che cerca conforto e solidarietà presso l'ex rivale (ci mancava solo questa!), al vero fidanzato che aveva scoperto la tresca e veniva a sfidarlo a duello (forse era questa che mancava!).

Invece quello non tradì alcuna emozione ed ebbe persino il coraggio di ordinare un caffè lungò (sì, lungò, con l'accento sulla o: ahi ahi).

La tensione si tagliava con il coltello e a Massimo parve di sentire le note di Ennio Morricone uscire dalle casse alle sue spalle. *Chissà cosa ne pensate voi* hipster *degli spaghetti western? Sono già stati soggetti a rivalutazione o sono troppo commerciali?*

«Quando un uomo con la pistola incontra un uomo col fucile l'uomo con la pistola è un uomo morto, avevi detto? Vediamo se è vero.» D'altra parte siamo sinceri: ogni uomo sogna di poter pronunciare un giorno una frase del genere, quindi Massimo non si lasciò sfuggire l'occasione.

«Eh?! Sto da tanti anni in Italia ma qualche volta ancora non capisco i vostri scherzi... stavo cercando Massimo, sei tu?» rispose lui porgendo la mano oltre il bancone. Massimo gliela guardò come se fosse appena uscita da una cloaca, poi capì che non poteva fare a meno di stringerla.

«Sono io.» Sapeva che avrebbe dovuto aggiungere altro ma era più forte di lui, il dolore gli aveva fatto abbandonare ogni formalità e poi era piuttosto scioccato di vedersi materializzato il suo peggiore incubo proprio lì a pochi centimetri.

Gli servì il caffè lungo sforzandosi di non poggiarlo sul banco con troppa violenza.

«Dunque. Io sono Jean-François, piacere di conoscerti.»

Quegli accenti che aveva tanto amato adesso gli davano il voltastomaco, dovette stringere i pugni fino a sbiancarsi le nocche per resistere alla tentazione di tirargli un bel pugno sul mento, ma si sa che la violenza non risolve mai nulla; poi lui era sempre stato più pacifico di Gandhi e non si sarebbe certo trasformato all'improvviso in un picchiatore qualsiasi, eppure in questa assurda fase della sua vita non si poteva escludere niente.

Dopo un silenzio esagerato Massimo parlò: «E allora? Perché mi cercavi?»

Tanto valeva arrivare al punto senza troppe cerimonie.

«Bah, francamente io abito in affitto nella casa di Geneviève Remi. Mi ha detto che è tua amica.»

«Ah. E tu sei suo amico?»

«No. Io ho risposto al suo annuncio su Internet per l'affitto della casa.»

«Ah.»

«Sto qui da poco.»

«Ah.»

«Bello. Vivere a Trastevere è il mio sogno. Un rione meraviglioso.»

«Ah. Eh. Sì.» Massimo era praticamente paralizzato e avrebbe avuto bisogno di un *time out* per processare la notizia che non si era aspettato. È incredibile come la mente umana prenda in considerazione direttamente le ipotesi peggiori scartando quelle più ovvie e normali e prive di ambiguità. Ancora una volta il cinema lo aiutò a riassumere la propria situazione interiore: *continuiamo così, facciamoci del male.*

«Quindi», proseguì il francese con un tono pacato e gentile che fece vergognare Massimo per come l'aveva trattato, «ho contattato Geneviève perché lei ha dimenticato alcune cose sue. Mi ha detto che non importa, solo una cosa mi ha detto di lasciarla a te di persona.»

Diede un colpetto alla sua borsa a tracolla, poi, come se gli fosse improvvisamente venuto qualche dubbio, gli chiese: «Ma sei tu Massimo? Davvero? Lei mi ha parlato di una persona gentile e gioiosa...»

Massimo a questo punto capì che essere educati con il prossimo non era solo un bel gesto verso gli altri ma anche verso se stessi.

«Hai ragione. Sono stato un po' scontroso, in questo periodo mi capita spesso. Ma sono io, non ti preoccupare, ho la carta d'identità, ho dei testimoni, quello che vuoi.»

Dario, che se n'era stato in disparte, si sentì chiamato in causa.

«Pare proprio che sia lui ma hai ragione a sospettare. Pensa che l'altro giorno ho dovuto chiedere il test del DNA per averne una conferma. Non si sa cosa gli è successo ma è lui, è lui, mannaggia a lui!»

«Bene», borbottò Jean-François con un timido sorriso. «Allora ecco qua.» Estrasse dalla borsa a tracolla un sacchetto di carta piuttosto sottile e glielo porse: «Per te».

Poi tirò fuori il portafoglio ma Dario lo anticipò: «Figurati, sei stato così gentile. Il minimo che possiamo fare è offrirti il caffè!»

«*Merci*», rispose il ragazzo. «Allora a buon rendere. Spero di rivedervi presto.»

Massimo lo salutò con un cenno, questa volta più per lo shock che per ostilità.

«Non ho capito, hai deciso di offrire da bere a tutti? Che è, il tuo compleanno? Allora perché non andiamo a chiamare Luigi il falegname che magari gli diamo pure qualche spicciolo? Visto che lui già di norma non paga non vorrei mai che si sentisse escluso da questa giornata di saldi straordinari!»

«Ma che hai sempre da ridire? Salvo la clientela che tu tratti male per sfogarti. Vedrai che quando te passa lo sghiribizzo mi ringrazierai.»

«Sì, buono quello. Squattrinato com'è magari torna pure ma solo perché spera che gli offriamo di nuovo. Non lo sai che le regole funzionano solo se non ci sono mai eccezioni?»

«Ma che stai a di'? Se sono le eccezioni che dettano le regole! E comunque sei proprio strano: uno ti porta un pacchetto dalla ragazza che, se vede lontano un miglio, te gira in testa ogni momento, e tu invece di correre ad aprirlo ti metti a discutere dei caffè che offro o non offro... non sei normale tu!»

«Sì. È che devo ricomporre i pezzi del puzzle.»

«Ecco, bravo, ricomponi. Magari vado a farmi du' passi tanto qui non ci sta nessuno, almeno te lascio la tua intimità.»

Dario si avviò deciso come se dovesse raggiungere Latina a piedi e si sedette al primo tavolino esterno. Massimo lo guardò sorridendo (non succedeva da un po') e pensò che almeno così avrebbe placcato gli eventuali seccatori sempre in agguato.

Decise comunque di andarsene sul retro e di sedersi in

quella sorta di pensatoio a cielo aperto per essere sicuro che nessuno si mettesse di mezzo. Aveva già qualche sospetto e stranamente una volta tanto ci aveva azzeccato. Dentro il sacchetto di carta c'era un quaderno. Era proprio quello con la riproduzione del quadro di Magritte sulla copertina. Dopo aver guardato quella casa in notturna con lo sfondo di un cielo diurno, già visto tante volte eppure sempre sorprendente, gli venne d'istinto di avvicinarsi il quaderno al viso e di annusarlo.

Ovviamente l'odore di lei che gli parve di sentire era soltanto suggestione.

21

Arrivano i nostri

MASSIMO non voleva parlare con Dario del quaderno e Dario non voleva chiedere a Massimo cosa ci fosse nel pacchetto. Entrambi avevano buone ragioni, probabilmente diverse, per evitare l'argomento. Fatto sta che gli uomini sono bravi sia a stare zitti che a parlare del più e del meno, quindi se la cavarono egregiamente, senza imbarazzi e senza problemi.

Massimo però non vedeva l'ora di chiudere per andare a riflettere con calma sulla questione.

Quando fu l'ora Dario lo salutò con un abbraccio e disse: «Se hai bisogno io ci sono, lo sai?»

«Lo so», rispose Massimo con un sospiro, poi lo guardò negli occhi e si sciolse un po'. «Lo so, tu sei sempre molto... perfetto, se non ci fossi non saprei come fare. Però me la devo cavare da solo, capisci?»

«Capisco. Ma quando vuoi chiedere aiuto io ci metto cinque minuti a venire da te. E solo perché sono un po' acciaccato altrimenti ce ne metterei anche tre e mezzo.»

«Acciaccato tu? Ma se hai venduto l'anima al diavolo!»

«Ah, mi hai beccato! Pensavo di avervi sviato con quella storia del caffè antiossidante...»

«Forse gli altri ci sono cascati ma a me non la racconti!»

Massimo si soffermò a sistemare le ultime cose ma, mentre usciva, gli cadde lo sguardo sul gelsomino. Non ci voleva un botanico per capire che gli mancava l'acqua da un po' di giorni: i fiori si erano seccati e le foglie se ne stavano lì mosce mentre le radici cercavano inutilmente nella terra secca secca.

Massimo tornò dentro e riempì l'innaffiatoio. Anche se non l'avrebbe mai ammesso, questo significava che qualche speranza ce l'aveva ancora: solo chi ha smesso di lottare lascia morire una pianta di proposito.

Bene. Si ritrovò finalmente solo e lontano da occhi indiscreti. Passò la mano sulla casa di Magritte. Senza dubbio quello era una specie di diario, piuttosto che uno zibaldone dei pensieri, insomma di certo una cosa intima.

Ora le possibilità erano due: o Geneviève l'aveva fatto portare a lui perché si fidava della sua discrezione oppure voleva che lui lo leggesse. Ma in quest'ultimo caso glielo avrebbe consegnato direttamente prima di partire, no? E allora era più plausibile la prima. In effetti Massimo aveva profondo rispetto per la privacy e l'intimità altrui. Sì, lui pensava che la libertà di una persona finisse dove cominciava quella del proprio vicino, era così? Su per giù...

C'era uno spazio inviolabile intorno all'individuo che si poteva esplorare solo su esplicito invito, rinnovabile ma non permanente.

Certo, si disse guardandosi allo specchio per essere più credibile, io non leggerò mai questo diario. Mai.

Prese il quaderno, lo chiuse a chiave in un cassetto della scrivania, estrasse la chiave e la chiuse a chiave nella credenza della cucina, estrasse la chiave e la infilò in un libro: naturalmente *Le parole che non ti ho detto* di Nicholas Sparks. La fissò con lo scotch di carta a pagina 63.

Stava pensando a dove nascondere il libro quando squillò il telefono.

Il telefono di casa era autoreferenziale: nel novanta per cento dei casi era foriero di mirabolanti offerte di compagnie telefoniche che poi erano di sicuro delle fregature.

Devo decidermi a toglierlo, pensò Massimo mentre andava a rispondere, però ugualmente rispose: «Pronto?»

«Ciao! Sono Carlotta! Come butta?»

«Eh, butta che ci si butta de sotto! Ma vuoi che ci sentiamo su Skype? Che ore sono lì?»

«Le nove, perché?»

«Come le nove? Di mattina? Ci sono dodici ore di fuso? Io ho sempre pensato che ce ne fossero nove...»

«Le nove di sera.»

«Ah. Allora ci sono ventiquattr'ore di fuso? Ma di che giorno, scusa?»

«Di oggi, scemo! Perché non mi porti a mangiare una pizza?»

«Ah, grande sorellina, non sai che bello che sei tornata! Se me lo dicevi ti preparavo qualcosa...»

«Appunto, per quello non t'ho detto niente! Scherzo, volevo farti una sorpresa! E poi l'ho deciso un po' all'ultimo.»

«E Luigi? Dove l'hai lasciato, c'è anche lui?»

«No, lui era impegnato col premio Nobel e il resto. Però ha detto che mi affida a te.»

«Ah, casca bene, sono davvero in forma! Dài, allora tra quanto ci vediamo?»

«Tre minuti? Cinque?»

«Facciamo sette, che devo ancora farmi la doccia, ti va?»

«Sette... Non di più. Ti aspetto di sotto.»

Massimo decise di finirla lì con la caccia al tesoro e ripose il volume nella sua fornitissima libreria con l'idea di dimenticarsi volutamente la sua ubicazione in modo da sfuggire a qualsiasi tentazione. Certo, forse nella credenza della cucina c'era anche qualcosa di utile, per non parlare del cassetto che conteneva il libretto degli assegni, la password del conto online e tanto altro – già si vedeva costretto a scassinare la propria casa – ma tant'è, non sempre le soluzioni istintive brillano per raziocinio (questa in particolare era davvero demenziale).

Massimo e Carlotta si abbracciarono. Come alcuni vini rossi che invecchiando migliorano, il loro legame assumeva sempre più automatismi e affinità elettive e non ci volle nulla per ristabilire la confidenza di sempre.

«Ah, quanto mi mancava l'aria di qui. Non c'è come stare via per amare questo postaccio pieno di difetti!»

«Infatti sì», rispose Massimo che più di tanto via

non c'era stato ma credeva di capire. «Be', è un amore diverso da quello che provi stando sempre qui, per me. Cioè: per me Roma è straordinaria ma è anche la moglie che ti ritrovi tra i piedi ogni santo giorno quindi qualche bisticcio ci scappa e qualche volta vorresti magari prenderti una vacanza...»

«Invece per me è l'amante focoso che magari se lo vedessi più spesso non lo sopporterei invece quelle poche volte mi si accende la passione che neanche fosse Brad Pitt!»

«Ancora con 'sto Brad Pitt, ma stai proprio in fissa... comunque di Roma ce n'è una sola, questo è certo.»

«Sì però è anche un po' una sòla... dipende da dove metti l'accento.»

«Infatti.»

«Se ti abitui a vivere in un posto civile, torni qui e ti viene da metterti le mani nei capelli, sembra 'na gabbia de matti. Però è casa e di casa ce ne sta una!»

«Una sòla?»

«Una sola. Vabbè, non avevamo un discorso in sospeso io e te?»

«Quale discorso?»

«Ragazza? Francese? Non esperta di caffè? Ti dice qualcosa?»

«Aaah, ma lascia perdere... non ci roviniamo la serata! Ma lo senti che arietta? Perché mi guardi così? Non si può più nemmeno cambiare argomento? Eddai, è una storia complicata.»

Il cameriere portò via i piatti e lasciò i boccali di birra, Carlotta bevve una lunga sorsata e appoggiò teatralmente i gomiti sul tavolo, il mento sulle mani e disse: «Non ti preoccupare, io di tempo ce n'ho, posso aspettare».

«Vabbè, ho capito che, se non te la do vinta, non ce la caviamo più. Ma sappi che è una storia triste, quindi levati quel sorriso stampato e prepara i fazzoletti.»

«Oddio, no, dài. Aspetta!» Cominciò a rovistare nella borsa. «Dovrei averceli perché con l'aria condizionata che c'è in giro ci si ammala più d'estate che d'inverno. Tu comunque procedi pure che sono adulta e vaccinata. E sappi che se una ti fa soffrire se la deve vedere con me!» Carlotta fece una faccia brutta e mostrò il bicipite.

«Ammazza, fai paura. Non ti preoccupare che qui è più una sottile questione psicologica che di muscoli.»

«Ah. Ma sai che ad andare sul concreto non si sbaglia mai. Dài, allora me la spieghi o no 'sta storia?»

Massimo raccontò la vicenda dall'inizio alla fine nei minimi dettagli e Carlotta volle andare fino in fondo con mille domande neanche fosse Miss Marple, tanto che furono costretti a ordinare un'altra birra e poi un'altra ancora e alla fine erano piuttosto brilli. Ma meglio così: i freni inibitori di Massimo scendevano in maniera direttamente proporzionale alla birra permettendogli di confidarsi più che a uno psicanalista, condizione primaria per farsi dare i consigli, quelli buoni.

Carlotta ascoltava, annuiva, chiedeva, osservava e ci mancava solo che prendesse appunti su un taccuino. Quando si accorsero che i camerieri stavano sbaraccando i tavolini intorno, che il locale era completamente vuoto e che sguardi sempre più insistenti si posavano su di loro, capirono che era il momento di levare le tende.

Carlotta stava lì di fianco, in un appartamentino di

famiglia lasciato sfitto apposta per darle la possibilità di tornare quando voleva (come diceva mamma, stare vicini non ha prezzo), così Massimo l'accompagnò a casa cercando di non ripensare a quando scortava Geneviève sotto al portone.

Si salutarono con due baci sulle guance e un lungo abbraccio poi Carlotta infilò la chiave nella serratura.

«Ah, Mino!» lo chiamò proprio mentre lui si stava girando, «dove hai detto che hai nascosto quel quaderno?»

22

«À la guerre comme à la guerre»

Naturalmente Massimo fece sogni surrealisti. Signori volanti con mele in testa, pipe che non erano pipe, nuvole in bottiglia e chiome di alberi senza fusto in mezzo al cielo, cavalletti con paesaggi che uscivano dalla tela, signore con visi d'ortensia, scarpe a forma di piede e castelli su rocce sospese.

Evidentemente lo studente aveva interiorizzato la lezione su Magritte. Voto: trenta e lode.

Bene, ma adesso non ci voleva il dottor Freud per capire che quel quaderno esercitava una tentazione difficilmente sostenibile. È una questione di rettitudine morale, provava a ripetersi, un diario NON SI LEGGE. Semplice. E però quando uno lascia un diario forse inconsciamente vuole che venga letto, e poi cosa si aspettava quella ragazza? Di poterlo lasciare lì senza una spiegazione con sotto il naso un diario che quella spiegazione magari poteva contenerla? Che era, un santo? Insomma, datemi un motivo e io mi prenderò il mondo sulle spalle, ma datemelo, questo motivo! Che sono, cornuto e mazziato?

La giornata successiva la trascorse al bar in uno stato semidelirante, con una porzione di cervello ipnotizzata da quel Magritte nascosto nel cassetto. Carlotta passò a salutare, chiacchierò a lungo con Dario e poi se ne andò a trovare Rina la fioraia, ma prima lanciò un'occhiata a Massimo e lo prese da parte un momento: «Se hai la soluzione in mano non lasciare niente d'intentato, o potrai dare la colpa solo a te stesso».

«Va bene. Ho capito qual è la tua opinione. Ci sentiamo dopo.»

Lo sguardo di Carlotta era stato talmente intenso da non lasciare dubbi. Voleva dire: Tu forse sei fuori di testa e non sai qual è la cosa giusta da fare, ma io sì. Era uno sguardo che ti indica la strada.

Massimo, smarrito, si girò verso Dario in cerca di approvazione.

«Mi sembri un cane bastonato, mi stai a spezza' il core! Non ne so niente, ma se devo darti il mio parere fai quello che dice tua sorella. Tua sorella è sempre stata molto più saggia di te. Non te la prendere: le donne hanno una marcia in più.»

«Quando hanno il motore!»

«Infatti sì. Ma dico che, a parità di motore, hanno una marcia in più.»

«Non so se questo discorso ha senso. Poi dicono che donne e motori son gioie e dolori...»

«Infatti 'sta storia del motore l'hai tirata in ballo tu, io parlavo di marce in più.»

«La biciclèta g'ha minga el mutur e l'è piena di marce!»

«Vedi che mi dà ragione anche il sciur Brambilla? E lui non parla mai a caso!»

«E te credo, non se capisce 'na mazza e tu subito pensi che avrà detto una cosa geniale, come se io adesso salissi sulla sedia, dopo un mese di silenzio, e mi mettessi a declamare, chessoio: Mulondi nadur katalamè, landù landù landù!»

Dario era sinceramente ammirato: «Ma allora vuoi dire che randarau mistrabò nabodian?»

Il sciur Brambilla scosse la testa: «Ti te capis nagot, parlo mica a vanvera io», e, come per dimostrare la propria buona fede, sfoderò uno scioglilingua molto usato nella sua città: «Ti che te tacchet i tac, tacum i tac a mi. Mi tacat i tac a ti? Tacchete ti i to tac, ti che te tacchet i tac. Te capì?»

Il Bognetti pagò e se ne andò con l'aria di chi non sarebbe tornato mai più. Come sempre.

«Ma dove l'abbiamo trovato questo?» chiese Massimo dopo essere rimasto un minuto buono a bocca aperta.

«Non so, mi sa che è lui che ha trovato noi.»

«Ma secondo te a Milano sono tutti così?»

«Ma va! È impossibile. Però sarebbe divertente. Tutti così», sorrise Dario e aggiunse: «Senti, ma perché non vai a farti un giro? Qui chiudo io, so come fare. Non manca tanto e abbiamo capito che oggi non c'è tutta 'sta folla».

Massimo si lasciò convincere: aveva voglia di guardare il fiume.

Il Tevere scorreva pigro e torbido sotto i suoi occhi. Nel raggiungere il ponte, Massimo aveva strappato un ramoscello da un cespuglio e ora lo buttò di sotto. Lo osservò roteare nella sua lenta caduta, poi rimanere un istante come indeciso sulla direzione da prendere, come se davvero potesse scegliere, infine lo vide seguire il suo corso fino a scomparire in lontananza. Chissà dove sarebbe arrivato. Magari si sarebbe incagliato fra trecento metri, magari sarebbe giunto fino al mare e dopo chissà.

Gli sembrava strano. Quel ramoscello era l'emblema di qualcosa in balia del destino eppure probabilmente se avesse avuto una coscienza si sarebbe illuso di poterlo influenzare, questo destino. Invece non ci poteva fare niente ma non per questo sapeva come sarebbe andata a finire. Quindi ricapitolando: niente scelta, destino già scritto però ignoto. Bella vita, quella del ramoscello!

Abbandonata la fosca prospettiva di essere tale e quale a quel ramoscello, Massimo pensò a un consiglio di suo padre. Una volta, a sedici anni, aveva avuto un dissapore con alcuni amici. Aveva combinato una cosa che è inutile stare a raccontare e si era trovato all'improvviso tutti contro, si era sentito giudicato e ci era rimasto male.

Suo padre gli aveva detto: «Lasciali dire. Tu non ti preoccupare. Tu guarda il fiume e aspetta che passi il cadavere del tuo nemico».

Da allora, ogni volta che guardava il fiume, ci pensava. Non che avesse ben chiaro cosa significasse quel proverbio cinese ma gli piaceva il legame tra fiume e destino. C'era l'attesa del momento opportuno, in quelle parole, c'era un senso di giustizia cosmica, un'idea che prima o poi quello che meriti ti verrà restituito, ma dov'è il tuo spazio di azione? Sei forse autorizzato a risalire il fiume per saperne di più (e magari trovare il tuo nemico ancora vivo e vigoroso pronto a ucciderti)? Viceversa, sei scoraggiato a compiere alcunché e devi soltanto lasciare scorrere il tempo e l'acqua?

Mah.

Massimo cercava di capire, la spiegazione sembrava lì a un passo, ma sfuggiva come l'orizzonte, l'inizio dell'arcobaleno o una parola sulla punta della lingua.

Poi realizzò che il fiume gli aveva portato quel quaderno.

E che lui non poteva guardare in faccia a nessuno. Che non si fanno prigionieri. Che era in gioco la sua stessa sopravvivenza e che leggere quel diario non solo non era sbagliato ma era l'unica cosa che potesse fare.

Tutto il resto è noia, paura e pippe mentali.

Bene, tanto per essere pragmatici come gli americani era il caso di fare una *to do list*:

Uno: girare i tacchi e tornare a casa.

Due: prendere Sparks dalla libreria, estrarre con attenzione la chiave della credenza, fissata con un pezzetto di scotch di carta a pagina 63.

Tre: aprire la credenza.

Quattro: recuperare la chiave del cassetto della scrivania.

Cinque: aprire il cassetto della scrivania.

Sei: estrarre il quaderno con la copertina di Magritte dal cassetto della scrivania.

Sette: sedersi in poltrona e affrontare il destino.

Eseguì in rapida sequenza le operazioni che aveva programmato, realizzando gli obiettivi che si era posto.

Una volta seduto, aprì il quaderno e gli venne in mente il passo numero otto: imparare il francese.

Non era possibile leggere così. Non c'era nulla da fare. Certo, qualche parola si capiva, non era cirillico dopotutto, però questa vicinanza linguistica poteva rivelarsi ancora più insidiosa. Non sapeva come dirlo in francese ma c'era il problema dei *false friends* e via dicendo, insomma, pur essendo curioso come una biscia, richiuse il quaderno e si disse che è meglio non capire affatto che capire sbagliato. Di fraintendimenti ce n'erano stati fin troppi.

E poi vedeva questo Mel ricorrere a ogni inizio pagina, Mel su, Mel giù, Mel qui, Mel là. Cosa voleva dire? Insomma, non ci voleva Pierre Curie per intuire che in questo modo sarebbe entrato in paranoia violenta.

Però aveva visto su una pagina il suo disegno del tentato uomo con rosa e si commosse. Poi si rattristò. Poi riscrisse il punto otto del proprio programma, perché bisogna sempre avere un piano B.

Otto: chiamare Carlotta.

Detto fatto. Compose il numero di sua sorella.

«Sei libera stasera?»

«Un'altra pizza?»

«No, magari ti faccio una amatriciana qui da me, che dici?»

«Fammi una gricia, puoi?»

«Certo che posso.»

«Allora arrivo. Porto il vino.»

23

Onde

Mel,

comincio questo nuovo quaderno ancora qui, a Parigi, perché so che dopo queste parole potrò ancora vederti e l'idea mi conforta. Quando rileggerò queste parole so che saranno l'inizio di un'avventura e mi dà coraggio sapere che non è cominciata senza di te.

Come ho detto una volta, senza di te non vado da nessuna parte. Forse allora non sapevo esattamente cosa volevo dire, è passato tanto tempo, forse invece sapevo ciò che volevo dire, ma oggi non voglio dire la stessa cosa, insomma tutto cambia anche se non vorremmo, ma io conservo lo spirito di allora e rimango con te, ovunque mi porti la vita.

Sono costretta a partire ma tornerò, lo prometto e sai che le promesse io le mantengo.

Carlotta fece una pausa e guardò Massimo negli occhi. Lui aveva paura di mettersi a piangere e teneva lo sguardo basso ma sapeva che bisognava chiarirsi in qualche modo. L'impresa, che sulla carta era così semplice, alla prova dei fatti stava rivelando per intero la sua intricata natura: una violazione di intimità al quadrato. La lettura di un diario è un'operazione riprovevole che richiede un certo pelo sullo stomaco, ma tale aspetto era già stato sviscerato e analizzato in ogni salsa, giungendo alla conclusione che in amore non ci sono regole. Ciò che non avevano considerato (e ora esplodeva in tutta evidenza) era il ruolo di Carlotta che assisteva lui che ascoltava il diario di Geneviève. Come uno che spia dal buco della serratura un altro che guarda una ragazza che si spoglia nella finestra di fronte.

Complicato. Ma si è fratelli anche per questo.

«Mi hai detto che vuoi sapere. Credo che tu abbia ragione e ti aiuto volentieri, ma te lo chiedo di nuovo: vuoi andare davvero fino in fondo? A me strazia un po' vederti soffrire al suono della mia voce, mi strazia rivelarti certe cose. Sarebbe meglio che te le leggessi tu da solo, ma questo è impossibile, cioè, a meno che tu non impari il francese... insomma non so come... oppure potremmo fare così: io traduco e registro o trascrivo la traduzione, così tu puoi scoprire tutto senza avere di fronte me che ti guardo.»

Lui la interruppe (avrebbe dovuto farlo subito, ma gli mancavano le parole): «Non ti preoccupare. Lascia stare. La tua voce rende solo migliori le cose. Insomma, ecco, se qualcuno mi deve vedere così, sorellina, meglio tu che chiunque altro. Anzi, in fondo è pure meglio, sai? Non so come dire, ma se me lo leggessi da solo – come sarebbe naturale fare –, se capissi qualcosa di quest'accidente di francese, poi sono sicuro che non potrei confidarmi con nessuno perché certe cose non si riescono a raccontare. Invece così tu mi vedi e sai tutto senza bisogno che io ti dica niente. Tu sei mia sorella, ecco insomma, non te l'ho mai detto ma credo che delle onde telepatiche ci congiungano, se qualcuno pronuncia il termine sintonia a me vieni in mente tu. Quindi no, in definitiva non mi dispiace che tu mi veda così, anzi...»

Carlotta aveva gli occhi lucidi. Si avvicinò al fratello e gli strofinò il viso sulla spalla, come faceva a volte quand'era piccola, poi gli diede una spinta: «Ah... non so mai se ci siete o ci fate, voi uomini. Fate tanto i duri e poi, appena vi aprite un attimo, noi ci sciogliamo come neve al sole. Mannaggia a te. Lo sai che farei qualsiasi cosa, incluso violare la privacy di una squinternata francesina, incluso sentirmi di troppo, quindi andiamo avanti, tu fermami quando vuoi.»

«Dài! Via il dente via il dolore. Vai avanti finché hai voce.»

Incredibile come la vita a volte decide di prenderti e obbligarti a una deviazione imprevista! Ho paura, e questa paura la sento concretamente come un blocco di pietra all'altezza del diaframma. Mi rendo conto all'istante di quanto fossero fragili le mura di routine con le quali mi proteggevo. Pochi rapporti, poche parole – eppure giocando con le parole mi guadagno da vivere, non è ironico? –, poche ambizioni, per evitare di espormi troppo. Poi la vita decide – da sola – che devo mettermi in gioco, spezzare il ritmo, partire, ma perché?

Come sono brava, dirai tu, ad analizzarmi e razionalizzarmi, chissà perché poi tanto acume non mi serve a soffrire di meno?

Ma mettiamo da parte le teorie, visto che le teorie lasciano il tempo che trovano. L'altro giorno torno a casa stravolta da uno di quei giri per redazioni che ogni tanto mi toccano, non spessissimo – benedetto computer – ma già fin troppo.

La casella della posta è ormai così piena che urge un intervento di pulizia. Intendo la posta cartacea, non quella virtuale, in pratica un pugno di bollette circondate da una corte dei miracoli di pubblicità. Mi dico: tant'è... visto che oggi è destino avere rapporti con il mondo esterno, vorrà dire che dopo mi chiuderò in casa per una settimana. Arrivo in mansarda con i sacchetti della spesa e il plico di buste.

Questo mi piace di quando passo una giornata fuori: rientrare e sentire l'odore di casa mia che di solito l'assuefazione non mi permette di notare.

Tra le altre cose c'è il tagliandino di una raccomandata che dovrò ritirare in Posta. Benissimo, allora mi vogliono male: domani un altro bagno di folla. Per che cosa, poi? Una multa?

Forse a parlare è la mia incorreggibile paura ma una voce mi dice che le belle sorprese sono molto più rare delle brutte sorprese.

Una volta tanto la mia paura si sbagliava perché la sorpresa era buona, questo non lo posso negare. Talmente buona da concedere ancora più nutrimento alla mia paura, talmente buona che quasi vorrei rifiutarla.

Ma come si fa? Se la fortuna bussa non si può dire di

no. In passato l'hai già fatto, dirai tu, pazza che non sei altro, non rifarlo di nuovo, e aggiungerai che stavolta devo andare, infatti vado.

Entri in Posta temendo di non aver pagato la tassa sui rifiuti o sa Dio cosa e ne esci che sei proprietaria di un appartamento a Roma, ci pensi, Mel? A Roma. E scopri che c'è questa parente, o meglio c'era, e non sai se ringraziarla per questo dono inaspettato o se odiarla perché non si è fatta viva prima, quand'era in vita, *voglio dire. Invece per farsi viva ha dovuto aspettare di essere morta. Che contraddizione!*

La valigia è già pronta, poggiata là vicino alla porta, io sono qua al tavolo che scrivo, ammirando la luce del tramonto che dagli abbaini esplode nella stanza tingendo le pareti, gli oggetti e la mia pelle. Sai, Mel? Adesso che devo partire apprezzo di più ogni dettaglio, qui. Non so quanto dovrò stare via, a dire il vero non so nemmeno che fare di quest'appartamento romano... sarebbe bello affittarlo per avere una rendita fissa e chissà, poterci andare qualche volta. Oppure venderlo, ma poi dei soldi cosa me ne faccio? Ogni tanto mi domando a cosa serva il denaro... voglio dire, sembra l'unico e l'ultimo valore del nostro tempo, tutti accettano e danno per scontato che di fronte ai soldi possa cadere qualsiasi altro principio, ma poi cosa sono davvero i soldi? Non per fare un discorso moralista, sto proprio pensando nel concreto. È possibile che correre dietro a una specie di convenzione simbolica possa condizionarci così tanto la vita?

È ora di andare a dormire, dirai tu! E chi dorme? ti risponderò io, con queste cose per la testa. Domani verrò a trovarti per l'ultima volta fino a chi lo sa, forse un mese, forse più. Poi partirò per l'Italia.

Che ne sarà di me? È passata qualche ora ma non la paura. Puoi immaginare come ho dormito, poi stamattina sono andata alla casa del tè e ho fatto una scorta che ci potrebbe permettere di affrontare una grande carestia. Ma la dividerò equamente fra noi, perciò potremo affrontare solo mezza carestia, se non saremo insieme. Insieme invece non avremo niente da temere. Per te ho preso diverse qualità, così potrai sbizzarrirti: tè verde, tè bianco, Oolong, Bohea, nero, aromatizzato, pressato, Puah. C'è da impazzire. Non avrai tempo di annoiarti.

Per me invece ho preso il solito tè nero alle rose ma ne ho presa un quantità tale che alla dogana probabilmente mi fermeranno i cani antidroga e verrò arrestata per traffico internazionale e non riuscirò mai a mettere le mani su quell'eredità. Ma d'altra parte nulla mi dice che a Roma potrò trovare il mio tè e, come tu ben sai, senza tè non vado da nessuna parte.

Prepararmi mi dà sicurezza, però quando avrò finito sarà il momento di partire. Sono contenta di venire a trovarti anche se mi dispiace che sia l'ultima volta. Sono curiosa per quello che mi aspetta, eppure ho paura e credo che vorrei soltanto starmene qui, sui binari che mi guidano ogni giorno. Forse volo in basso, conduco una vita grigia, ma se mi staccassi da terra potrei cadere all'improvviso e farmi male.

Perché ci sono queste contraddizioni? Non è giusto. Voglio trovare le leggi matematiche che regolano la vita, la gioia e il dolore, ci devono essere. Non sto dicendo che dovrebbe essere più semplice, no, tutt'altro. Solo dovrebbe seguire delle regole. Come il cruciverba: a schema fisso, libero, senza schema, crittografato, a incroci obbligati, sillabico, bifrontale, a gingillo e potrei andare avanti. Possono essere estremamente difficili, però sono onesti, perché la soluzione esiste e senza inganno.

La vita no. Nella vita non sai mai se la soluzione c'è o no, se è a portata di mano o lontana anni luce. La vita è disonesta.

24

La tana dell'eschimese

Mel, mio bene,

quando i problemi da affrontare sono tanti, almeno qualcuno viene messo in disparte per qualche tempo. Salvo poi ritornare a bussare alla porta al momento opportuno. Sarà per questo che il mio cuore sta battendo a un ritmo che a me sembra decisamente sopra la norma. Perché mi sono distratta a pensare a quel che vuol dire Roma, quel che vuol dire una parente spuntata dal nulla ma già morta e sepolta ancora prima di rendersi utile per qualcosa e bla bla bla.

Ho vissuto le ultime giornate a negoziare con problemi nuovi, anche se detesto le novità e non ho preso in considerazione che un biglietto low cost per l'Italia significava anche questo: mettermi sul sedile di un aereo. Dovresti vedermi.

Ma chi l'ha inventato questo mezzo di trasporto?

Rolliamo sulla pista e io credo di essere ancora viva soltanto perché il mio corpo non ha ancora deciso di cosa farmi morire: il cuore, l'apnea, il cervello o un semplice incidente.

So che non sopravviverò a questo viaggio. Lo scrivo perché i posteri lo sappiano. I motori aumentano i giri.

Tengo qui il quaderno perché immagino che nel momento della morte magari avrò un pensiero degno di essere ricordato.

Secondo me bisognerebbe collezionare i pensieri di chi sta per morire. Non dico quelle specie di testamenti spirituali pieni di retorica, dico proprio l'ultimo estremo pensiero che precede il trapasso. Forse è impossibile, ma io a ogni buon conto tengo il mio quaderno.

Tanto lo so che se non scrivo conficco le dita nei braccioli della poltrona e tendo le gambe rischiando che mi vengano i crampi, e il tempo non mi passerebbe più.

Scrivendo almeno mi concentro e svio l'attenzione da tutte queste stupide chiacchiere su giubbotti di salvataggio e scivoli di emergenza e gli assistenti di volo si preparano al decollo.

Ecco. D'ora in avanti se qualcosa va storto siamo morti. Il mio stomaco rimane giù mentre noi andiamo su. Mio Dio, penseranno che sono pazza a scarabocchiare parole con lo sguardo fisso qui ma se non ci fosse questa pagina mi metterei a urlare e cosa direbbero a quel punto lorsignori benpensanti? Vorrei fare un sondaggio. Chiedere alle persone che mi circondano: Ma cosa c'è di tanto soddisfacente nella vita? Cosa ti fa sentire così realizzato?

Allora è deciso: se sopravvivo smetto di lamentarmi. Anzi no, così non vale.

Piano piano ci mettiamo orizzontali e adesso non

mi sembra male l'aereo, in fondo qui sono protetta, c'è rispetto e discrezione, ho il mio posto numerato e dovrò soltanto rispondere no a tutte le domande che mi faranno.

Sono ancora viva. L'umanità tutta se ne rallegra, mentre la compagnia ci ringrazia per la preferenza accordatale, ma si raccomanda di rimanere seduti con le cinture allacciate fino a quando l'apposito segnale verrà spento. Mi sembra di essere l'unica ad aver sentito l'indicazione. Sono stravolta come se l'avessi fatta a piedi, mancano venti minuti alle dieci del mattino e io sarei pronta per andare a letto.

Mel. Forse tornerò prima del previsto. Sono in Italia da meno di un giorno e mi hanno già mandata fuori di testa. Non so se vale la pena di raccontarti ogni dettaglio di come mi ha accolto questo popolo barbaro e allucinante.

Già per ritirare il bagaglio un'odissea, ma lasciamo stare...

Prendo il taxi, anzi forse dovrei dire che il taxi prende me, dal momento che ho letteralmente subìto un assalto di taxisti come se fossi l'ultima turista rimasta sulla faccia della Terra. Avevo letto che c'è una tariffa fissa, quindo ho provato a dirglielo ma non c'è stato niente da fare, quello indicava il tassametro facendo il finto tonto e alla fine immagino che mi abbia fregato, come sempre con i turisti.

E poi, questo bisogna dirlo, a nessuno passa per la mente che uno voglia farsi gli affari suoi? Forse un medico ha prescritto che bisogna per forza attaccare discorso? Per di più parlare del nulla, io non capisco la lingua, ma il tenore degli interventi era pressappoco questo: Ah, è francese, quindi viene dalla Francia? Ah Parigi, Parigi: torre Eiffel! Arco di trionfo! Come si chiama il fiume? Senna! Ah, io a Parigi ho un amico che si chiama Philippe, lo conosci, per la verità non mi ricordo il cognome. Forse Rolland. O era Rollier. Viveva, sì viveva in un paese molto vicino a Parigi.

Finalmente scendo dal taxi che quasi mi mancava il respiro, mi sentivo debole.

Sono andata all'indirizzo della casa, non a quello del notaio, giusto perché come prima cosa volevo farmi un'idea di questa piazza, di questa casa, di quello che mi aspettava.

Già ero stanca, avevo fame e avevo caldo: figurati cos'ho pensato quando mi sono accorta che il taxi non mi aveva lasciato nel posto giusto. Sul cartello infatti c'era scritto piazza San Callisto, mentre io avevo detto molto chiaramente piazza Santa Maria in Trastevere. Stavo per mettermi a piangere, l'unica cosa che mi ha salvato è stata la paura di trovarmi in una situazione imbarazzante e naturalmente il mio thermos di tè nero alle rose. L'ho finito in un sorso, e il cervello mi si è subito placato – sono sempre più convinta che si tratti di una pozione magica, mio Dio, non finirò mai di ringraziare chi l'ha inventato, anzi chi l'ha scoperto, perché una cosa tanto perfetta non può essere stata inventata dall'uomo.

Ciò che mi preoccupava di più era dover chiedere a qualcuno le indicazioni, non ne avevo alcuna voglia.

Ho mosso qualche passo a caso e poi, per un colpo di fortuna – il primo e l'ultimo della giornata –, ho visto una freccia che indicava la chiesa di piazza Santa Maria in Trastevere.

In effetti era lì di fianco. Tutto bello: la chiesa, la fontana in mezzo alla piazza e l'appartamento che ho osservato da fuori.

Solo che a quel punto ho avuto una specie di mancamento e ho capito subito che dovevo mettere qualcosa sotto i denti.

Lì di fronte c'era un bar e sono entrata senza pensarci troppo: come mi sarebbe piaciuto se qualcuno mi fosse corso incontro per aiutarmi con la valigia! Mi sembrava carino e intimo come quei bistrò del quartiere latino, e poi devo cominciare a conoscere il quartiere.

«Qui è quando ci siamo conosciuti!» fece Massimo.

«Ti ringrazio per avermelo detto, sai che non me l'aspettavo?» rispose Carlotta. «Non so come mai ma ho l'impressione che tu abbia un po' paura di andare avanti...»

«In effetti mi sa che non ci faccio proprio una buona figura. Ma saprò riscattarmi. Tu, piuttosto, vuoi bere qualcosa? Non vorrei che rimanessi senza voce sul più bello.»

«Dài, dammi un po' d'acqua, ma poi ricominciamo che la storia mi sta prendendo.»

«Mah. Io ho l'impressione che vada a finire male.»

«Sei matto? Queste storie romantiche hanno sempre l'*happy ending*, fidati.»

* * *

Non l'avessi mai fatto.

Non so se odiare di più loro per come mi hanno trattata o me stessa per come sono entrata in panico. La mia idea era: Prendo un menu, indico un panino, mi siedo, aspetto, ringrazio. Facile.

Invece lì dentro mi guardano come un animale strano. Sarà uno di quei posti con le stesse persone da cinquant'anni che se entra uno nuovo gli devono fare anche il test del DNA. Lo dicono che gli italiani sono lobbisti e provinciali!

Non solo mi fissano ma fanno anche battute. E il menu non c'è. C'è una lista appesa dietro al bancone, caffè espresso, caffè lungo, caffè alla Nutella, caffè bla bla e bla. Ma qui si nutrono solo di caffè? Io non ho mai bevuto caffè in vita mia e non ho certo intenzione di cominciare oggi. Sotto c'è scritto altro ma non mi dice niente e non riesco a concentrarmi.

Il ragazzo prova a fare il gentile ma ho già capito che il modo di essere gentili qui ha un che di viscido che non potrò mai apprezzare, molto meglio una sana indifferenza.

Non so cosa pensano loro ma io non riesco più a respirare, vorrei essere altrove, però ormai sono lì e devo chiedere qualcosa, qualsiasi cosa. Mi viene in mente il mio thermos vuoto e chiedo un tè nero alle rose. Se avessi chiesto un orecchio di orso polare arrosto l'avrebbero presa meglio: si sono fatti qualche risata alle mie spalle e hanno aggiunto commenti che non ho capito e forse è stato meglio così. Quel cameriere finto gentile rideva sotto i baffi e stavo per tirargli in faccia quel bicchierone pieno di acqua e monete poggiato sul banco. Chi può dare una mancia a una persona del genere?

Tu non ci crederai, ma ho preso la zuccheriera e l'ho rovesciata sul bancone. Dovevi vedere come mi hanno guardata. Che vergogna!

Perfetto: arrivata da meno di mezz'ora ho già litigato definitivamente con quelli del bar sotto casa. Mel, dove sono capitata?

Dopo un po' sono entrata nella chiesa lì di fronte e ci sono rimasta non so quanto. Faceva fresco, lì, e mi dava calma il fatto che nessuno mi poteva disturbare, chi disturba una donna in preghiera?

Una volta, secoli fa, lì a scuola dalle suore, alcuni compagni avevano costruito un igloo fatto bene: la neve era piuttosto dura, loro avevano tagliato dei blocchi con la pala nel terreno e li avevano ammassati gli uni sugli altri con una notevole perizia ingegneristica. Io mi ero tenuta in disparte ma alla fine della ricreazione, quando tutti si erano allontanati dal cortile, ci sono entrata dentro, mi sono seduta lì per qualche minuto e poi sono tornata in classe in ritardo accolta dalla solita ramanzina della professoressa. Mi ricordo bene la luce filtrata del giorno che entrava e una strana sensazione di calore nel freddo. Da allora mi torna in mente spesso, quando vorrei sentirmi protetta, quando vorrei tenere fuori il mondo senza rinunciare però alla sua luce. Dov'è adesso la tana dell'eschimese? Non ce n'è una per me?

Oggi la luce filtrata dalle vetrate della chiesa mi ha fatto quell'effetto ma non potevo certo stare lì per sempre.

Per il resto della giornata ho girato senza meta, ho

avuto conferma di un'altra cosa che avevo sentito dire: Roma è il posto più bello del mondo se non fosse pieno di romani!

Adesso sono in una stanza d'albergo, domani dovrò andare dal notaio e magari domani sera a quest'ora sarò già nella nuova casa. Ora dormo: se potessi esprimere un modestissimo desiderio chiederei per favore un sonno profondo e senza sogni.

25

Comincia a scavare

Mel, mio amore,

le cose vanno di male in peggio. Tu non puoi immaginare quello che mi è capitato oggi. Se fosse un film non saprei bene scegliere il genere: comico, tragico, drammatico... Se è comico quella che ride non sono io, questo è sicuro.

Nel pomeriggio sono andata dal notaio, che per fortuna parlava francese ed è l'unica persona civile che ho incontrato finora. Lui mi ha spiegato un po' di dettagli ma più che altro ci sono state delle gran formalità burocratiche da sbrigare. Che noia.

Questa signora era una cugina di mamma, si conoscevano da piccole perché mamma viveva a Roma. E chi lo sapeva?

Certo è che lei sapeva della mia esistenza, altrimenti non avrebbe espresso questa volontà. E allora è lecito domandarsi come mai non abbia fatto nulla prima. Secondo il notaio è stata – come dire? – molto partecipe nell'apprendere delle mie vicissitudini, segno che ci teneva...

La gente segue logiche strane. Forse dovrei essere meno severa con gli altri dal momento che anch'io non sono da meno – certo, io credo di avere i miei buoni motivi, ma ci sarà qualcuno che non pensa la stessa cosa di sé? – comunque lasciamo stare, non è il primo dei miei problemi e di sicuro nemmeno l'ultimo, purtroppo.

Tra una cosa e l'altra si fa sera quando riesco a raggiungere l'appartamento. Tu dirai: Di che ti lamenti, la giornata è andata bene. Lascia che il tempo faccia il suo corso e vedrai che alla fine le cose andranno così come devono, cioè male.

Seguo le indicazioni del notaio, mio vate, mio guru, mio unico maestro di vita, nonché unico conoscitore del francese, e mi ritrovo davanti alla porta di casa. Casa dolce casa. Ancora non ti conosco eppure sei casa mia. Sarà già capitato a qualcuno? Non lo so, io credo che se una persona riceve una casa in eredità difficilmente si tratta di una casa che non ha mai visto in una città che non ha mai visto dove abitava una persona che non ha mai visto.

Non è facile come sembra. Anche solo aprire una vecchia serratura presuppone familiarità, perché devi girare la chiave in un determinato modo, magari esercitando una pressione verso il basso al momento dello scatto o trucchetti di questo tipo. All'inizio ho temuto infatti di aver sbagliato porta perché la serratura sembrava bloccata, ma con qualche sforzo ci sono riuscita. Dentro c'era odore di chiuso e naturalmente non si vedeva un accidente. Tastando la parete ho trovato un interruttore della luce ma non ho fatto in tempo a gioirne perché anche schiacciandolo non si è acceso proprio un bel niente. Allora mi viene in mente che il notaio mi aveva detto di cercare il quadro elettrico da qualche parte dentro la casa, perché le utenze per ora non erano state staccate – per fortuna, altrimenti avrei dovuto riattivare ogni cosa entrando, e se tanto mi dà tanto, in un'altra giungla di burocrazia – e probabilmente bisognava tirare su l'interruttore generale.

La luce che filtra dal pianerottolo viene ingoiata dopo un paio di metri dal buio polveroso dell'appartamento e io sono quasi tentata di sedermi per terra e attendere lì le luci del giorno – e forse avrei fatto bene, visti i risultati – ma ho già paura adesso dei topi e gli scarafaggi che possono saltare fuori dall'oscurità – il buio rende tutto più inquietante – ma tu mi dirai: Quando hai finito con le ovvietà puoi finire questa storia?

Bene. Mi avventuro dissipando le tenebre con la flebile luce del display del telefonino. Forse quel tipo di illuminazione è ancora più sinistra del sipario nero che c'era prima. La vista di quei mobili d'anteguerra seminascosti nell'ombra mi ricordava la scena di Titanic *quando il robottino con la sua telecamera subacquea a infrarossi restituiva ai ricercatori in superficie le immagini sbiadite di un'altra epoca.*

Vado avanti a tentoni e mi sembra di metterci un'ora. L'aria si fa sempre più soffocante. Non hai idea... se avessi deciso di tornare indietro probabilmente non ci sarei riuscita!

Finalmente trovo una tenda e, dietro, una finestra. La spalanco e poi apro le persiane. Il primo respiro dopo una lunga apnea. Insieme con l'ossigeno entra quel poco di luce concessa dal crepuscolo imminente.

Da quello che vedo mi sembra che la casa sia in ordine, per quanto datata. Meglio così: potrò tornare a Parigi più in fretta.

Continuo la ricerca del quadro elettrico ma presto mi rendo conto che c'è soltanto da cavarsi gli occhi. In più mi sembra proprio di aver trovato un letto. All'improvviso tutta la stanchezza del mondo mi crolla sulle spalle. Fai due più due: c'è una persona esausta e c'è un letto – cigolante e probabilmente pieno di acari, ma pur sempre un letto. La persona esausta si addormenta.

Ma non passa molto tempo, credo, che qualcosa mi sveglia. Il cigolio della porta d'ingresso, forse. Per un attimo sono totalmente smarrita, quanto mi manca la mia mansarda dove ogni respiro dei mobili e delle pareti era come una voce, non dico amica, ma nota e intellegibile! Poi silenzio. Io nel buio a chiedermi se l'ho sentito davvero, se non era un sogno, se non era un rumore proveniente magari dalla strada o dall'appartamento vicino.

No. Il cigolio del pavimento. Passi leggeri e circospetti. C'è qualcuno.

«Ahi ahi, qui mi sa che finisce con un vaso in testa! Mi sembra già di sentirlo...» intervenne Massimo.

«Però anche tu, scusa... come ti viene in mente di fare una cosa del genere? Non potevi gridare? Suonare il campanello? Insomma la verità è che chiunque avrebbe reagito così, anzi mi sa che ti è andata bene...»

«Ma volevo cogliere il ladro con le mani nel sacco!»

«E in che film credevi di essere, James Bond? Magari se ci fosse stato davvero un ladro adesso non saresti qui a raccontarlo... è proprio vero che per voi uomini ci vorrebbe la balia.»

«Sì sì, vabbè, ma vai avanti, insomma, be', se vogliamo si può giusto un attimo sorvolare sulla storia del vile attentato di cui sono caduto vittima.»

La corsa all'ospedale ha sfumature surreali. Io con un taglietto da nulla vengo caricata sull'ambulanza con lui, ma un poliziotto mi segue e mi controlla. Nel frattempo ho capito che il ladro non era un ladro ma il ragazzo del bar di ieri che voleva controllare se c'erano i ladri. E sai una cosa? In quel momento che lo vedo dormire, mi sembra quasi carino. Indifeso come un pulcino.

«Ah ah ah, mi fai morire: pulcino!»

«E dài, Carlotta, smettila! Sono cose serie...»

«Scusami, hai ragione, è che non riuscivo a trattenermi...»

Per fortuna ora che arriviamo all'ospedale e via dicendo ci raggiunge il notaio, l'unica persona gentile che ho incontrato, che ci fa anche da interprete e ci aiuta nella mediazione. Per la verità, credo che non mi abbia tradotto fedelmente ogni particolare perché quel signore, insomma quello che l'aveva soccorso e che lavora anche lui nel bar di ieri (una maledizione, quel posto!) deve averne dette di tutti i colori, con quel tono da pazzo e continuando a gesticolare con una mimica che non prometteva niente di buono.

E così salta fuori che il ragazzo era in buona fede perché avendo visto le finestre aperte è venuto a controllare. A ogni modo decido di non sporgere denuncia e questo dovrebbe placare gli animi, anche se mi sembra che il vecchio muoia dalla voglia di fare a pugni, non so per quale motivo.

Le condizioni del ragazzo sono buone e mi dicono che io posso tornarmene a casa – il mondo qui è talmente feroce che sto rapidamente imparando ad affezionarmi a questo cantuccio, soprattutto ora che ho chiuso la porta con tre mandate.

Uscire dall'ospedale è un bel labirinto e una volta fuori non riesco a fermare un taxi. Qui guidano come se stessero correndo a farsi un trapianto di cuore d'urgenza e gli fossero rimasti dieci minuti di vita.

Come se non bastasse vedo arrivare il ragazzo che ho steso (evidentemente non stava così male...) e il vecchio che si avvicinano minacciosi. Il vecchio ferma un taxi – non so come ci sia riuscito – e mi invita a entrare. Non so dove mi vogliano portare, ma di episodi da film ne ho visti fin troppi, quindi salgo al volo sul taxi e vado via.

Ti ho detto prima che avevo addosso tutta la fatica del mondo. Figurati adesso. Ma ci tenevo a mettere nero su bianco quello che è avvenuto stasera, non si sa mai che nel corso delle indagini questo quaderno possa servire come prova.

26

Pezzi di vetro

*Q*UESTO *pavimento è come la mia vita. E allora basta starsene a braccia conserte a guardare: sotto con l'olio di gomito! Via queste schegge e questa polvere!*

È evidente che non posso annotare ogni cosa nei dettagli come ieri: la realtà è troppo più veloce della mia penna. Te l'avrò già raccontato: qualche anno fa c'era un ragazzo che non mi si staccava più di dosso. Si chiamava Nicolas e seguitava a invitarmi al cinema o alle mostre o ai giardini. Tante volte mi aspettava lì fuori dalle suore, quando potevo uscire. Lo trovavo impalato sul marciapiede con un mazzo di fiori in mano. Ma più lui era gentile più mi sentivo male. Qualcosa mi stringeva la gola e mi toglieva il respiro e avevo soltanto voglia di scappare. Lo trattavo anche male perché ferirlo mi dava un certo sollievo, insomma mi sembrava più giusto così che fingere di accettare la sua corte.

Lui fu fin troppo paziente, anzi cominciai a credere

che fosse malato di una malattia rarissima che lo costringeva a stare al fianco di una persona infelice e bruciare le proprie energie in una causa persa che gli avrebbe rovinato la vita.

Poi un bel giorno mi disse che aveva capito, anzi in verità lo aveva saputo subito, ma si era illuso di poter cambiare le cose. Aggiunse che io, al contrario della maggior parte delle persone che cercavano di mostrare il lato migliore e nascondere i difetti, volevo in ogni modo scoraggiare gli altri mostrando la mia faccia più brutta e reprimendo la mia bellezza e la mia aspirazione alla felicità.

Disse che purtroppo la sua pazienza di essere umano in carne e ossa si era esaurita, ma che lui vedeva qualcosa in me di splendido e luminoso e che io da un momento all'altro, se solo lo avessi deciso, avrei potuto sbocciare come un fiore e abbagliare il mondo con il mio fulgore. Era in lacrime quando lo diceva. Certo era un tipo un po' melodrammatico ma aveva gli occhi dritti di chi sta dicendo qualcosa di vero.

Ogni tanto mi auguro che avesse ragione. Mi auguro che prima o poi il ghiaccio che ho nel cuore si possa sciogliere.

Poi vedo ciò che c'è intorno a me e ringrazio le mie barricate, le controllo e le rinforzo.

Ah. Questo pomeriggio mi hanno bussato alla porta e mi sono trovata davanti il ragazzo del vaso. Aveva in mano un vassoio con teiera e il resto. Per un attimo ho pensato che volesse vendicarsi: Vai a capire la simbologia delle vendette tribali italiane! mi sono detta.

Invece mi ha dato il vassoio e se ne è andato. Magari voleva essere gentile. Il tè, a ogni modo, era imbevibile quindi o è un incapace o voleva avvelenarmi!

«Che dici, ci prendiamo una pausa?» fece Carlotta, esausta.

«Certo. Comunque sei una traduttrice simultanea perfetta. Hai un mestiere in mano...»

«Eh, lo terrò presente nel caso decidano di licenziarmi...»

«Perché non ti licenzi da sola e non torni a vivere a Roma? Un posto per te dietro al bancone c'è sempre.»

«E il mio maritozzo dove lo mettiamo?»

«Dietro il bancone anche lui, così almeno ogni tanto mi posso mettere dall'altro lato per vedere l'effetto che fa.»

«Guarda, secondo me appena gli danno il Nobel e si ritira a vita privata, possiamo avere qualche possibilità. Sempre che tu non decida di trasferirti a Parigi!»

«Eh già! Con Mel o senza Mel?»

«Già. Chi sarà Mel? Guarda che è strano, io te lo dico: lei scrive da ragazza sola. Chiusa, disperata, diffidente. Non lo so che le è successo, ma ha una paura folle di lasciarsi andare. Non è che è un amico immaginario?»

«Ma che è, schizofrenica? No, non è possibile. Si rivolge a qualcuno. Che ha detto, 'mio amore'? 'Amore mio'? Puoi raccontarmela come vuoi ma sento proprio odore di fidanzato!»

«Non mi convince. Non vedi come gli parla? Ma poi dài, di questi tempi un fidanzato lo senti su Skype, gli scrivi una mail, non gli scrivi questa specie di diario! È come se esistesse solo lei, cioè non fa domande o riferimenti alla vita di lui... non so, è troppo strano.»

Massimo si lisciò il mento: «Hai ragione. È vero. Ma l'amico immaginario non è una soluzione, che è, *Shining*?»

«Bella situazione: tu che la vuoi avvelenare, lei che chiede aiuto al suo amico immaginario... se fossi in te mi chiuderei in casa a doppia mandata, hai visto mai che ti ritrovi alla porta Jack Nicholson con l'accetta!»

«A proposito», ribatté Massimo, «hai visto che ha fatto riferimento a *Titanic*? Quindi non dispiacciono neanche a lei i bei filmoni hollywoodiani...»

«E perché dovrebbero?»

«Ma sì, sai quella storia dell'*hipster*, i film *mainstream* e tutto il resto! Non te l'ho detto?»

«Sì che me l'hai detto. Non credo ci sia nulla che non mi hai detto. Però mi sembrava anche che il tuo castello di carte fosse crollato nel momento in cui quello è venuto al bar e hai capito che neanche si conoscevano.»

«Hai ragione, a volte me ne scordo.»

«Sembra quasi che tu ti sia affezionato all'idea del rivale, immagini rivali dappertutto.»

«Adesso, non mi fare passare per paranoico. Lo vedi cosa c'è scritto qui? Mel! M-E-L... mi pare inequivocabile.»

«Sì, ma questa è soltanto una parola, e pure molto corta, non ci costruire sopra chissà che cosa.»

«Non costruisco niente. Solo mi domando...»

* * *

L'avvelenatore è tornato.
E ancora.

E ancora. È cocciuto e testardo, mi ricorda un po' quel povero Nicolas.

«Hai capito? Le ricordo quel povero Nicolas!»
«Ma aspetta! Abbi un po' di pazienza: l'hai detto anche tu che all'inizio ti odiava...»
«Ma un conto è sospettarlo, un conto è... insomma sentirsi dare esplicitamente del povero diavolo è un altro paio di maniche!»
«Non ha detto povero diavolo...»
«Ma sì, povero e basta, che è anche peggio. Almeno il diavolo ha quel fascino perverso e un po' satanico!»
«Te l'ho detto, devi avere pazienza. Per ora è tutto coerente con quello che mi hai raccontato.»
«E questo è un bene o è un male?»
«Un bene, un bene. Almeno vuol dire che la storia è successa davvero.»
«Bella consolazione!»

Mel. Non so come farglielo capire: ho la casa piena di teiere e tazze. Non so più dove metterle! E poi il suo tè non lo bevo: mi basta il mio che è molto meglio, per quanto l'impegno che ci mette sia ammirevole.

* * *

Questa città mi conquista, dovresti vederla. È brutto dirlo ma ogni tanto è talmente bella che sembra finta... comunque non temere, sono sempre dell'idea di tornare al più presto, anche se forse ho pensato che vale la pena di prendersela un po' più comoda, vista la fatica che ho fatto per venirci.

Dovrebbe servirmi di lezione: basta poco – anzi nulla – per crearsi delle piccole abitudini rassicuranti. E poi, come dire? Se non hai nessuno non ti senti mai sola, o no?

«Vedi? Dice che non ha nessuno!»

«Ma intende gli amici, la vita sociale. Insomma, ha solo Mel e tornerà da lui, come d'altronde ha fatto.»

Altro giro di giostra. Questa volta ho restituito al fantomatico barista – a proposito, si chiama Massimo – tutte le sue ceramiche. Ci è rimasto male, poverino...

«E daje! Poverino, poveretto, ma che è, faccio pietà?» Però, dentro di sé, Massimo aveva sentito un gran calore solo a sentirsi chiamare per nome.

Ma è stato divertente spiarlo dalla finestra mentre attraversava la piazza con tutte quelle cose: sembrava Philippe Petit che cammina sulle nuvole!

* * *

«E chi è 'sto Philippe Petit?! Di sicuro sarà un povero diavolo, non so, un bersaglio umano per il campionato di freccette!»

«No no, guarda qua...» Carlotta, svelta e pragmatica come sempre, aveva approfittato della pausa per fare una rapida ricerca in rete sul tizio in questione. «È un personaggio di culto. Un equilibrista. È famoso perché nel 1974 ha teso clandestinamente un cavo d'acciaio tra le Torri gemelle e ha fatto il funambolo là sopra. Hai capito? Senza sicurezza!»

«All'anima! Forte questo. Fa' vedere? Ci hanno fatto anche un film, come mai non l'ho visto?»

«E a me lo chiedi? Comunque se me lo concedi non è proprio l'ultimo dei poveri diavoli. E poi ti ha spiato dalla finestra... dimmi tu se non c'è già del tenero!»

«Mi ha spiato per ridermi dietro! E non è stata l'unica, mi sa. Ma sai una cosa?»

«No. Cosa?»

«Quest'immagine dell'equilibrista è venuta in mente anche a me in quel momento. Insomma, camminavo con tutte quelle cose che potevano cadere da un momento all'altro e ho proprio pensato alla figura dell'equilibrista, non è strano? Non c'era nessun cavo e nessun bastone, eppure io mi sentivo funambolo e lei mi vedeva funambolo. Perché?»

«Forse perché vedere un tizio che attraversa una piazza con diciotto vassoi in equilibrio precario fa pensare a un funambolo? Ma se ci vuoi vedere la provvidenza vedicela pure.»

«Grazie per il supporto!»

«Scusa, cerco solo di essere realista. Non mi esalto e non mi deprimo.»

«Bene.»

«Ah, guarda! La prossima parola del diario è *bene.* La stessa che hai detto tu senza leggere. Sarà un segno del destino anche questo?»

«Ma va' va'! Andiamo avanti, va'!»

Bene. Adesso lo vorrei di fronte quel Nicolas maledetto che mi ha lasciato con il dubbio che io potrei essere meglio se mi lasciassi andare, che io potrei addirittura stare meglio se mi lasciassi andare! Ora saprei cosa rispondergli. Gli risponderei che se ti lasci andare non farai altro che apparecchiarti la prossima fregatura, che i buoni e gli ingenui non sopravvivono a lungo, ma il punto non è questo, il punto è che i buoni nella loro esistenza già breve sono anche costretti a soffrire, non solo perché tutto il mondo si approfitta di loro – il che potrebbe paradossalmente farli sentire utili – ma anche per quella dose di sadismo umano che spinge a gettarsi addosso agli indifesi!

Sono tornata in quel bar sotto casa. Mi sembrava giusto scusarmi con quel Massimo tanto insistente ma gentile a modo suo. Poveretto, in fondo gli avevo quasi spaccato la testa. Immagino che per un italiano farsi mettere al tappeto da una donna dev'essere una suprema umiliazione!

«Ma che pensa, che siamo dei trogloditi?!»

«Ha ragione: voi siete dei trogloditi!»

«Ah, le dai pure ragione? Certo che voi donne siete proprio tremende!»

«E allora come mai non potete fare a meno di noi?»
«Già. Ogni tanto me lo domando anch'io...»

Devo essere onesta: la colpa è anche mia. Ma soprattutto di Nicolas. Io non sono tagliata per lasciarmi andare, non sono tagliata per parlare con la gente, dovrei chiudermi nella cella di un convento e buttare via la chiave.

L'ambiente, devo dirti, non ha aiutato. Entro e mi trovo questi personaggi che mi guardano come se fossi un alieno appena sbarcato dalla sua astronave. Io come al solito mi blocco e loro, da selvaggi quali sono, cominciano a prendermi in giro. Il tizio s'imbarazza perché vorrebbe unirsi ai bifolchi ma al tempo stesso ci tiene a essere educato.

Come l'altra volta sono costretta a fuggire perché sto per mettermi a piangere e perché mi sembra di avere ingoiato un bicchiere rotto e il mio corpo sanguina dall'interno.

Mi ritrovo nella piazza, confusa come sempre. Ma cos'ho che non va, perché non riesco a vivere? Perché non ci sei tu a darmi una scossa di energia?

Per fortuna, quando sei sull'orlo del baratro, a volte spunta qualcuno che ti tende la mano. Dal bar mi ha seguita una signora, che mi ha fermato sfiorandomi il braccio. Lo sai, non mi piace farmi toccare, ma quando qualcuno ti tocca capisci molte cose. Questo era un tocco gentile, il tocco di qualcuno che ti capisce.

La signora mi ha portato al suo negozio, un chiosco di fiori, e mi ha parlato e, anche se ho capito la metà di quel che ha detto, mi sono sentita accolta. Anche i fiori hanno fatto la loro parte.

27

Barista per caso

«GUARDA, guarda, questa scrittura mi sembra di conoscerla!» disse Carlotta, porgendo al fratello un bigliettino.

«Ah, mi era sfuggito!»

«Sì, era mezzo appiccicato dietro a una pagina.»

«Il bigliettino che le avevo lasciato davanti alla porta...»

«Che tenera a conservarlo! Si vede proprio che via via te la sei arruffianata come solo pochi sanno fare.»

«Macché, magari è una di quelle persone che non riescono a buttare via niente. Ti ricordi quella là a cui mamma portava la beneficenza? Come si chiamava?»

«Carmen. Si chiamava Carmen.»

«Sì, ecco, lei: una volta mamma mi ha portato a casa sua. Praticamente bisognava farsi largo con il machete perché lei teneva qualsiasi cosa: scontrini, pubblicità, giornali vecchi, scatoloni, non c'era un centimetro libero.»

«Ammazza che roba! E con il cibo come faceva?»

«Mi sa che i volontari le davano una mano con la

cucina, insomma gestivano un po' loro quelle cose, infatti mamma aveva portato qualcosa da mangiare e aveva buttato via della verdura vecchia che c'era in frigo. Dopo mi aveva spiegato che esisteva questa malattia per cui una persona non riesce a liberarsi di niente.»

Carlotta sospirò e alzò lo sguardo al cielo, fuori dalla finestra: «Ha ragione Geneviève: il mondo è intriso di dolore e a volte ti fermi a pensare e ti sembra di sentirlo tutto addosso...»

«Eh già. Però bisogna reagire», fece Massimo, contento che la sorella apprezzasse Geneviève.

Dopotutto è un ragazzo gentile. Stai a vedere che tornerò al bar a ringraziarlo. Lo dico sempre che sono troppo buona!

È proprio vero che non capirai mai il senso delle giostre se almeno una volta nella vita non fai il giostraio! Tu dirai che sono volubile, ma lo dirai con un sorriso di soddisfazione – tu e Nicolas: accidenti a voi – perché hai sempre sperato che mi si accendesse l'entusiasmo, ti conosco, mentre io so che la mia prudenza e la mia chiusura mi salveranno la vita. Quindi non ti illudere che io sia cambiata, ma riconosco che a volte ci si può divertire!

Come dicevo sono andata al bar, anche perché prima avevo lavorato sodo e spedito in redazione tanti di quei cruciverba che per un po' mi posso anche rilassare...

Invece al bar il clima non era proprio per niente

rilassato. C'era più gente che al Louvre quando c'è l'ingresso gratuito.

Il povero Massimo si dava da fare inutilmente e la scena mi ricordava le comiche di una volta con il loro ritmo accelerato.

Faceva una tenerezza!

Questa empatia mi ha causato una strana reazione: ero talmente assorta nel compatire il suo impasse che mi sono momentaneamente dimenticata delle mie difficoltà. Non c'è come vedere qualcuno che soffre per trovare il coraggio di lasciare andare il freno e buttarsi nella mischia!

Mi sono messa dietro la cassa e gli ho prestato soccorso come una crocerossina. Lui non aveva il tempo di perdersi in chiacchiere – meglio così! – ma ogni tanto lanciava uno sguardo riconoscente che avrebbe scaldato il cuore a una statua, infatti ha scaldato anche il mio...

«Le hai scaldato il cuore! Tenerone!»

«Non ricordo di averti autorizzata a commentare... comunque ormai è ufficiale: le faccio pena!»

Bene, mi sono divertita. Ti sembrerà strano ma è così. A me piace fare le cose. Nessuno ti chiede di parlare, c'è qualche sguardo, qualche frase, ma niente di imbarazzante. La vita scorre e basta.

Adesso mi sembra di capire qualcosa di più del bar. È come un microcosmo in cui la gente va e si sfoga, fa due chiacchiere, scherza un po'. Mi sembra strano ripensare alle offese dell'altra volta perché adesso so che nessuno è cattivo lì dentro. È bello vedere gli ingranaggi della giostra!

L'altra notizia è che forse ho trovato qualcuno per affittare la casa tra un paio di settimane o qualche cosa di più. Staremo a vedere.

Vedendo il clima del bar ho provato a immaginarti lì che scherzi e ridi con qualche cliente abituale, come Antonio l'idraulico o Tonino il meccanico. Ti piacerebbe. È stupido dire che mi manchi?

Mel, non ci crederai. Forse sono sotto l'effetto di qualche sostanza stupefacente. Mi viene da ridere. Mi sento piena di energia. Ottimismo. Voglia di fare.

Poi ritorna la paura di precipitare.

Ah, ho provato il caffè per la prima volta nella mia vita: sarà per quello? Oddio, dicono che non faccia dormire... ci manca solo l'insonnia nella mia collezione di problemi.

Ma come ho fatto a vivere senza caffè? Come mai nessuno prima d'ora mi ha avvertito? Bisognerebbe dirlo al caro Nicolas: il caffè risveglia i sensi molto più dei discorsi. Almeno per me è così. Sarà legato a quello che ti dicevo: il caffè è azione.

Energia. Ma poi perché il timore di cadere mi schiaccia per terra?

* * *

Ti devo dire una cosa. Mettendo ordine qui in casa ho fatto delle scoperte interessanti. È troppo piccolo il nostro cuore per reggere alla tempesta che gli si abbatte addosso nel corso degli anni! Ho trovato un album di fotografie che trasudava struggimento fin dalla copertina. Ti giuro che non l'avevo nemmeno aperto che avevo già le lacrime agli occhi.

In molte ho riconosciuto Maria. C'è anche in altre foto in giro per la casa e ormai ho imparato a considerarla davvero come una parente anche se non l'ho potuta conoscere... sarà che vivo tra le sue mura! C'erano foto in bianco e nero di parecchio tempo fa. Le strade sono queste ma si vede che invecchiano anche loro e non solo le persone. L'arredo urbano, le poche automobili, l'abbigliamento. Eppure per loro era il presente, con le sue palpitazioni e le sue speranze. Pensare che un giorno anch'io sarò soltanto una foto seppiata e sbiadita rende molto relative le preoccupazioni del quotidiano. C'è anche una foto di famiglia – chissà chi di loro vive ancora, e dietro quali rughe? –, si tengono stretti e guardano in camera, sorridenti e fiduciosi come chi ha poco denaro ma molti affetti. Qui vedo qualcuno di conosciuto, proprio sotto la signora Maria. Ci ho messo un po' ma poi ho collegato: quel bel ragazzo dalle spalle larghe è il signor Dario, quello che aiuta Massimo al bar. A proposito, prima lo odiavo, adesso mi sta simpatico, tanto che mi commuovo a vederlo ricorrere nelle foto. C'è qualcosa tra loro. Potrei giurarlo. Maria e Dario. Chissà, forse è un segreto che nessuno sapeva, o forse è solo una mia fantasia, ma che importa?

* * *

«No! Dario e Maria? Certo che ha un'immaginazione galoppante la ragazza...» Massimo non riuscì a trattenersi.

«Credi? Io invece ho sempre sentito una vibrazione... sarà la sensibilità femminile.»

«Ma che dici? Guarda che lei è sempre stata fedele alla memoria del marito! E poi avete rotto con questa storia della sensibilità femminile che usate per fregarci. Adesso sta' a vedere che la tua sensibilità femminile ti dice anche quante volte vado in bagno...»

«Di solito non la sprechiamo per queste cose ma se mi ci metto te lo posso dire. Ti interessa?»

«Lasciamo perdere. Vai avanti.»

«Vado, vado, però se ci pensi è proprio questa mentalità ristretta che potrebbe averla bloccata...»

«Quale mentalità ristretta?»

«Dài, non fare finta di non capire: questo mito della vedova inconsolabile! Magari lei era davvero innamorata di Dario ma non si è mai concessa la libertà di vivere quella storia!»

«Mah... Dài, vai avanti a leggere...»

Che ridere! Più avanti si vede spesso Massimo da piccolo. Che buffo...

«Buffo? Certo che è un complimento unico. Ho capito perché ti dicono di non leggere i diari degli altri. Non per rispetto loro ma perché niente niente che sei un po' giù di corda ci trovi tutti i motivi per buttarti al Tevere con una pietra al collo!»

«Esagerato! Non sai che le donne bisogna farle ridere?»

«Sì, questa è la risposta standard delle veline sulle riviste scandalistiche. Vuoi che riveli cosa guardiamo per primi noi uomini in una donna? Gli occhi!»

«Tu scherzi! O stai dicendo la verità?»

«La verità è che fate tanto femminismo ma le vere fissate siete voi. Non perdete occasione per rimarcare l'abisso che c'è tra uomini e donne. Se fosse per me, ti dico, siamo uguali, non c'è alcuna differenza.»

«E allora perché non ti metti con Dario e la fai finita? L'uomo maturo non è male.»

«No, non voglio rovinare la bella amicizia che c'è tra di noi.»

Insomma, alla fine sto per chiudere l'album quando trovo in fondo una tasca nascosta nell'interno di cartone. È rovinatissima e si scolla al mio tocco.

Da lì spunta una foto.

Immaginati la situazione: io che raccolgo conchiglie di vario genere su una spiaggia lasciata libera dalla bassa marea e mi stupisco di continuo di fronte alle meraviglie regalate dal mare. Poi sul più bello arriva l'onda anomala che mi travolge. Ecco, più o meno è stato così vedere quell'immagine dopo le altre che avevano preparato il terreno.

Una ragazza e una bambina: la prima sulla ventina – la signora Maria – raggiante e nel fiore degli anni, con una luce che più avanti è come appassita, tiene le mani poggiate sulle spalle della seconda, sui cinque... cosa ti devo dire? C'è una foto di me alla sua età, me l'hanno data le suore dell'orfanotrofio. Due gocce d'acqua. Ho detto tutto. Come vorrei che potessi vederla anche tu! Ora ho una foto di mamma da tenere nel portafoglio. Dietro c'è scritto: 1955, MARIA E NANÀ. *Mamma. Ti rendi conto? In piazza Santa Maria in Trastevere con dietro la fontana e l'insegna del bar* Tiberi. *Quanto vorrei entrare lì dentro e guardare oltre i confini zigrinati dell'immagine, sentire le voci, i profumi, datemi solo dieci minuti laggiù, non chiedo nient'altro...*

Guardo la piazza dall'alto e mi confronto con la portata del pensiero di mamma bambina lì sotto. E poi cos'è successo? Non credo che smetterò mai di piangere.

Massimo aveva gli occhi lucidi ed era sempre più perdutamente innamorato di quella ragazza forte e fragile allo stesso tempo, capace di toccare l'infinito eppure sempre sul punto di spezzarsi. Non c'era scampo. Proprio no. Ormai aveva perso il conto di quante volte l'aveva pensato, come se fosse un'illuminazione, come se fosse giunto al limite estremo delle pene d'amore, eppure l'asticella continuava a spostarsi più in alto: record personale, record nazionale, record europeo, record olimpico, record del mondo.

Guardò Carlotta che lo fissava con un sorriso e gli occhi lucidi. Era chiaro che lei vedeva tutti i suoi pensieri. Sensibilità femminile, o forse l'affetto vero di una sorella...

* * *

Ma bene! Mi sto cacciando in un guaio. Devo scappare, devo lasciare questa città, è una trappola! Quel ragazzo mi sta lavorando ai fianchi con il suo caffè, poi mi ha attirato con un invito a teatro, poi mi ha sfiancato con la notte romana, chiamando a raccolta le stelle più brillarelle e le sagome delle rovine e i ponti e qualunque cosa mi possa assediare in questa serata. Che pasticcio! Tutti suoi alleati, tutto il mondo.

E poi mi abbraccia, mi circonda con la scusa di insegnarmi a fare il caffè, come nella scena di Ghost...

«Non ci posso credere, l'ha pensato anche lei! È impossibile!»

«Dio li fa e poi li accoppia... siete più melensi di una coppa di *dulce de leche* ricoperto di miele e panna montata zuccherata: vedete di moderarvi che mi mettete in imbarazzo.»

Massimo non l'ascoltò nemmeno: «E allora perché?»

Poi mi sveglio di colpo. Mi torni in mente tu, mi torna in mente che ho promesso che senza di te non vado da nessuna parte, mi torna in mente che questa non è casa mia. Ma forse non è neanche questo. Non è una disperata difesa razionale, altrimenti chiunque potrebbe dire che sono una stupida che non fa altro che farsi del male da sola. È l'istinto. Sì: proprio quell'istinto animale che dovrebbe buttarmi tra le braccia di un uomo che mi piace, invece mi toglie il respiro, mi attanaglia lo stomaco, mi fa stare male. Non ci sono altre parole per dirlo. Mi avvicino perché qualcosa mi spinge a farlo. Poi però sto male, sto fisicamente da schifo, il corpo mi molla e si ribella, il cuore perde ogni senso del ritmo, devo scappare o potrei morire.

Mi spiace. Ora mi tocca anche sentirmi in colpa per questo.

Però lo bacio. Sotto il portone gli do un bacio veloce, mordo e fuggo. Mi chiudo la porta alle spalle, mi siedo sul pavimento con le spalle alla porta e aspetto mezz'ora che la vita mi ritorni addosso. Forse sono destinata a un'esistenza pallida perché i colori forti mi uccidono.

Massimo era convinto che si fosse sentito il rumore del suo cuore che si frantumava in mille pezzi, e se ne vergognava. Un po' era rivivere quelle emozioni, un po' era sentire l'ineluttabilità della forza centrifuga che la portava lontana sempre e comunque e un po' era sentire che lui, al contrario, era risucchiato irresistibilmente in quel buco nero.

Ho bisogno di saperne di più. Della storia di Maria, della storia di qui. Devo chiedere a qualcuno. Il signor Dario? Sì, forse lui è la persona adatta. È anche uno che ispira fiducia.

* * *

Forse l'arte è la salvezza? Perché non smetterla con i cruciverba e passare a qualcosa di più immaginifico? Mettere la mia sofferenza al servizio della bellezza.

L'ho baciato di nuovo. Ma si può? E sto male. Devo andare, devo tornare da te.

«Guarda, guarda qua. A parte questo splendido disegno tremolante griffato Tiberi...»

«Uomo con rosa. Credi che si riferisse a questo quando parlava di bellezza?»

«Secondo me piuttosto ci si riferiva quando parlava di sofferenza. Senza offesa, ovviamente.»

«No no, fai pure, tanto la mia autostima è ormai sotto il livello del mare, come quelle zone in Olanda, come si chiamano?»

«Polders?»

«Sì. Ecco. La mia autostima è un polder.»

«Sì vabbè... comunque qui ci sono degli schizzi, credo fatti da lei, non certo da te, molto belli.»

«Sì, dev'essere quando l'ho portata a fare il viaggio delle fontanelle.»

«Se hai usato anche il viaggio delle fontanelle è vero amore!»

«Avevi qualche dubbio?»

«No. Data la situazione in cui ci troviamo direi proprio di no. Guarda, si è appuntata tutte le varie fontane. Dice che vorrebbe proporre l'itinerario a una guida turistica, che ne sarebbe degno, ma che è troppo intimo per essere tradito. Ormai la sua sensibilità non mi stupisce più.»

«Te ne stai innamorando pure tu?»

«Quasi quasi... senti, io però ho un sonno tremendo. Non ho il coraggio di guardare l'orologio perché sarà tardissimo.»

Massimo diede un'occhiata al display del telefonino e fece una smorfia: «Ci credo che hai sonno: è l'una passata. Per fortuna domani è domenica!»

«Che dici se ce ne andiamo a letto e domattina, appena mi sveglio, torno qui così finiamo la lettura? So che sei curioso ma, d'altra parte, le cose ci mettono tanto a succedere e non è nemmeno giusto che noi ce le bruciamo tutte in una sera, no?»

«Ti stai arrampicando sugli specchi, ma va bene. Magari le cose sedimentano anche un po'.»

«Ok. Allora io vado. Però facciamoci prima il bicchiere della staffa. Ti va?»

«Avoja!» Massimo appena lo disse si sforzò di non pensare a Geneviève ma c'era poco da fare, ormai era dappertutto. Prese una bottiglia di mirto e due bicchierini: «Ghiaccio?»

«Sì, grazie. Un cubetto. Ah, quanto lo adoro!»

«Sei provata?»

«Be', devo dire che è faticoso. Non tanto tradurre al volo, quello viene bene, è che psicologicamente non è facile... e immagino che per te sia pure peggio.»

«Infatti sì.»

Carlotta aveva già vuotato il bicchiere: «Ti spiace se me ne faccio un altro? Tanto non devo guidare!» Si vedeva che le era venuto in mente qualcosa.

«Allora? Sputa il rospo. Ti conosco io...»

«Senti. Forse è un'ipotesi avveniristica, ma se Mel

fosse in coma? Certo, perché no? Tutto filerebbe. Lui bloccato in un limbo tra la vita e la morte e lei legata a filo doppio che non trova...» Carlotta s'interruppe perché la sua voce, di solito così sicura, si stava spezzando in un singhiozzo, «scusa se piango, ma, povera ragazza, ora capisco perché è così intrisa di dolore... è come se avesse un masso legato alle caviglie che la tira giù ogni volta che si avvicina alla superficie!»

Anche Massimo era stanco e lo scenario proposto dalla sorella fu subito accolto dalla sua mente indebolita: «Hai ragione! Ma certo, come abbiamo fatto a non pensarci prima? Dev'essere così. Quindi non c'è speranza. C'è speranza?»

Carlotta lo guardò negli occhi: «Tu ci devi credere. Lei ha solo bisogno di un buon motivo per rimettersi a vivere. Certo è dura, perché se fosse morto sarebbe un conto, ma in coma... è comprensibile che lei rimanga lì ad aspettarlo senza il coraggio di voltare pagina. Capire è il primo passo. Vedrai che si trova una soluzione. Una cosa è certa: con lei ne vale la pena. È una bella persona. Tu pensa solo a questo. Dormici sopra, rimani sereno e vedrai che andrà bene».

Massimo si mise in piedi, si sentiva anchilosato e ammaccato come se fosse stato investito da un tir: «Dài, ti accompagno a casa così faccio due passi».

28

Capo d'inverno

Lo dicono: agosto è capo d'inverno. Infatti poco prima dell'alba un violento temporale si abbatté sulla città. Dall'asfalto si levò l'odore della pioggia. Massimo si sentiva come se qualcuno gli avesse annodato lo stomaco, l'intestino e tutto quanto: Geneviève, che forse non si ricordava più nemmeno di lui, gli mancava terribilmente, sua sorella Carlotta sarebbe tornata soltanto tra qualche ora e il francese non era mai stato tanto incomprensibile.

Sì, la storia del rivale in coma era decisamente verosimile. Ma come combattere un rivale in coma? Non si può neanche parlarne male, figurarsi sfidarlo a duello. Insomma, non puoi mettere al tappeto uno che si trova già in coma, non sarebbe per nulla elegante.

Ma poi, tutto sommato, perché no? Amare davvero una persona significa capirla, seguirla, accettarla, aspettarla e lui poteva fare questo per lei. All'improvviso fu investito da un'ondata di ottimismo e anche il cielo sembrò d'accordo, perché giù in fondo, proprio nello spiraglio che le case concedevano all'orizzonte, uno squarcio fra le nuvole lasciò passare i raggi del sole nascente. Massimo uscì sul balcone per godersi meglio lo spettacolo mentre la pioggia gli mordicchiava la pelle e le nubi sfidavano l'alba in uno scontro fra titani.

La bellezza è una forma di energia, non si può negare, e Massimo cercò di assorbirne il più possibile.

Quando piove, meno indumenti indossi meno ti bagnerai, diceva sempre suo padre, che odiava ombrelli, cappelli e quant'altro. Così Massimo senza pensarci due volte indossò pantaloncini, maglietta e scarpe da corsa e si lanciò nell'acqua incontro allo squarcio fra le nubi.

Gli bastò superare quel primo affanno, quelle prime resistenze del fisico (e del solito cervello dispettoso che gli chiedeva: Perché lo fai?), per raggiungere il piacevole stato di sospensione che amava tanto della corsa: i pensieri si centrifugavano e ripulivano eliminando le tossine e favorendo la considerazione di nuovi punti di vista.

Le rovine romane, in questo scenario maestoso in bilico tra sole e tempesta, erano con ogni evidenza le stesse che avevano ispirato gli artisti del Romanticismo inglese durante i loro grand tour nella vecchia Europa. Man mano che gli veniva a mancare l'ossigeno, Massimo sentiva la bellezza senza tempo penetrargli in ogni cellula e quando tornò a casa, stanco e bagnato di pioggia e sudore, era sicuro che in qualche modo ce l'avrebbe fatta.

Dopo la doccia si sdraiò sul letto e riprese quei folli pensieri ottimisti di prima. E si ripeté: Perché no? Lui poteva convivere con questo Mel, doveva solo convincere anche lei. In quel momento gli sembrò tutto molto semplice e si addormentò.

Era da tempo che non dormiva così: piatto, perfetto,

stanco, senza paura affondò il corpo nel materasso come se potesse fondersi con esso e ritrovò l'oblio delle vecchie domeniche senza pensieri.

Così il sonno arretrato ne approfittò per presentare il conto e lo tenne impegnato per tre ore abbondanti, fino a quando lo svegliò la vibrazione insistente del cellulare sul comodino.

«Massimo?»

«Eh!?»

«Carlotta.»

«Ah, Carlotta. Tutto bene?»

«Sì. Scusami, sono in ritardo, ma ho avuto un attacco di sonno inspiegabile e mi sono svegliata praticamente adesso.»

«Non ci credo! Allora si vede proprio che siamo parenti. Anch'io mi sono cappottato dal sonno. Non avevo dormito niente, così sono andato a correre all'alba, sotto l'acqua, poi però, una volta rientrato, mi sono fatto una dormita regale. Ah, non c'è come dormire!»

«Allora vogliamo continuare la lettura? Che dici, vengo lì?»

«Sì, dài, concludiamo. Via il dente, via il dolore.»

«Ti sento più sereno, che ti è successo? Bei sogni?»

«No, niente sogni. Alla fine i sogni sono una fregatura: se li fai belli ti svegli deluso perché non sono veri, se li fai brutti ti ritrovi addosso un'inquietudine che ti segue tutto il giorno. Però in compenso ho fatto alcune riflessioni che mi hanno dato... la pace dei sensi, se così si può dire.»

«Fantastico, non vedo l'ora di sentirle. Ieri sera avrei detto tutto tranne questo. Arrivo.»

Massimo riattaccò e si mise a cercare di riprendere le argomentazioni che l'avevano tanto calmato: si sa che, a volte, nei momenti di esaltazione, si prendono delle belle cantonate.

Per un attimo addirittura non si ricordò nulla e temette che quelle famose rassicurazioni fossero davvero un'illusione onirica, poi, piano piano, si ritrovò.

Mel. Ovviamente al centro del cerchio c'era Mel. Sì, questo misterioso Mel di cui Geneviève non gli aveva mai parlato ma che faceva sconquassi nei suoi pensieri come i barbari ai confini del tardo impero romano. Mel era il dittatore del cuore di Geneviève e Geneviève era la dittatrice del cuore di Massimo. La situazione era apparentemente senza via di scampo. Però il modo in cui Geneviève parlava di questo Mel era strano, questo l'avevano detto e ridetto con Carlotta. Se fosse stato il suo fidanzato, nel senso classico del termine, lei non gli avrebbe certo parlato di Massimo. È vero, quel diario rivolto a Mel non sarebbe stato necessariamente letto da Mel, tuttavia...

Più ci pensava, meno ci capiva. Però sì, l'idea che l'aveva calmato era ancora valida. Se davvero Mel fosse stato un vecchio fidanzato in coma lui avrebbe accettato la situazione, avrebbe amato Geneviève e, se necessario, anche Mel. L'avrebbe assistito con lei. Potevano trasferirlo a Roma. Oppure... pazza idea: Massimo avrebbe potuto mollare ogni cosa per raggiungerla a Parigi. Non è che fosse proprio un periodo da stare tranquilli, a livello economico, ma lui era sempre stato prudente e aveva i suoi risparmi. Poteva lasciare in gestione l'attività e rimettersi a studiare storia dell'arte. In effetti quale luogo meglio di Parigi poteva cullarlo in questi sogni (esclusa Roma, ovviamente)?

Perfetto.

Massimo, che nel frattempo era andato in bagno a sciacquarsi la faccia, si guardò nello specchio e si sorrise. *Allora è deciso. Manca solo di sapere se è d'accordo anche lei, ma sono dettagli.*

E se poi Mel si fosse risvegliato? Un po' come il naufrago che torna dopo anni e trova la propria vedova risposata con un americano medio... quindi sarebbe stato lui quell'odioso e inutile uomo di plastica usurpatore di una vita non sua? No, però questo non era un film, insomma dal coma non si esce, e poi c'è sempre la possibilità del triangolo (certo, perché no? Come lui aveva accettato Mel anche Mel avrebbe dovuto accettare lui: quel che è giusto è giusto).

Massimo accese il fuoco sotto la moka e guardò il cielo fuori dalla finestra: stava decisamente ridendo (chissà se con lui o di lui).

Nel tornare in camera a prendere i vestiti notò con la coda dell'occhio uno strano luccichio in salotto. Percorse a ritroso il corridoio e guardò meglio attraverso la porta. In effetti la luce del sole rimbalzava sul pavimento in modo diverso dal solito. Per una frazione di secondo fu quasi divertito da quel buffo fenomeno, poi si rese conto che la causa del riflesso non era altro che una larghissima pozza d'acqua entrata dalla portafinestra del salotto.

Corse in cucina a recuperare una pila di giornali vecchi e cominciò a lanciarli verso il pavimento. Stava già ringraziando il cielo di avere accantonato l'idea di mettere il parquet che l'aveva solleticato qualche tempo prima, quando notò che il telo che copriva il divano era coinvolto nell'incidente. Visto che arrivava a sfiorare il pavimento, il batik indonesiano che gli aveva regalato la signora Maria (era ovviamente un'autorità in fatto di stoffe) era completamente fradicio: incredibile quanto l'umidità fosse risalita da terra fino a metà divano.

E ora dovrò stare molto attento a lavarlo, pensò Massimo, imprecando bonariamente fra sé. Che disastro, per fortuna adesso arriva Carlotta che è una donna di casa e mi darà una mano.

Ma, come una ciliegina avvelenata sulla torta, la notizia peggiore arrivò per ultima quando il quadro dei danni sembrava chiaro e non troppo grave. Mentre sollevava il batik Massimo poté infatti vedere una porzione di pavimento che prima gli era nascosta dal bracciolo del divano e, al centro di quella regione, faceva bella mostra di sé un quaderno griffato Magritte.

Più che il famoso diario di Geneviève sembrava il suo fratello obeso, gonfio e fradicio com'era. Massimo si lasciò cadere sul divano e si strofinò le tempie. Non aveva il coraggio di controllare la scena del crimine perché aveva paura che l'inondazione avesse cancellato ogni traccia.

Mentre prendeva in mano l'abnorme e grondante scartafaccio, in un clima che da radioso si era di colpo fatto cupo come quello di Twin Peaks al momento del ritrovamento del cadavere di Laura Palmer, Massimo trattenne il respiro.

Ma evidentemente nessuno ascoltò le sue preghiere perché sulle pagine impregnate d'acqua non rimaneva che qualche incomprensibile sbaffo d'inchiostro.

Solo l'arrivo imminente di sua sorella e un imprevedibile scatto d'orgoglio gli impedirono di buttarsi per terra a piangere e a strapparsi i capelli.

Adesso era chiaro che quelle pagine perdute contenevano la soluzione dell'enigma, la ricetta dell'elisir di giovinezza, la formula segreta della Coca-Cola, i numeri vincenti del superenalotto, la squadra vincitrice dei prossimi mondiali e, forse, persino la mappa dell'isola del tesoro. Ma lui non avrebbe barattato nessuna di queste rivelazioni con la vera storia di Mel, che probabilmente alla fine non c'era (perché una persona dovrebbe annotarsi sul diario la vicenda che riveste la sua vita costantemente come una seconda pelle? Non c'è proprio bisogno di questo per ricordarselo, purtroppo). Non solo, a parte Mel, Massimo voleva darsi un pugno in faccia per ogni parola persa: il bacio, quello vero, tra loro, ma anche il viaggio delle fontanelle (di cui aveva guardato gli splendidi disegni, ancora presenti in qualche pasticcio semidistrutto) e poi (soprattutto) la notte d'amore. Quella notte indimenticabile era la chiave, c'era poco altro da aggiungere. Sapere cosa ne aveva scritto sarebbe stato importante, anzi fondamentale.

Suonò il campanello.

29

Braveheart

L'INCRESCIOSO incidente aveva scatenato il finimondo in quel microcosmo che era la famiglia Tiberi. Carlotta si profondeva in mille scuse perché non aveva insistito nel terminare la lettura il giorno prima. Ed era stata lei a poggiare il quaderno per terra.

Soltanto una frase era rimasta più o meno leggibile:

Bene, ne ho saputo di più, ma al tempo stesso non ho saputo nulla. Tanto non sono le date e i dettagli che descrivono una vita, ma gli odori, i suoni e i sapori.

«È tutta colpa mia», insisteva Carlotta, «tu sei carino a dire di no ma lo so come la pensi su queste cose. Ti ricordi quand'era successo quel macello con Antonino e Giovanni per il bicchiere di vino rosso?»

Massimo era troppo confuso per seguirla: «Veramente non mi ricordo».

«Ma sì, io mi ricordo tutto di quel periodo perché

tu eri il mio mito e non mi perdevo niente di quello che facevi.»

«Mentre ora sono un catorcio!»

«Ma che dici?»

«Ma lo vuoi capire che non m'interessa di dare la colpa a qualcuno? Sono un adulto ormai, che me frega di trovare un capro espiatorio? Quello che mi rode è che questo quaderno non c'è più, mannaggia a lui!»

Carlotta inspirò profondamente, poi buttò fuori dal naso come un drago che si prepara a fare fuoco e fiamme: «Va bene. E se fosse un segno? Voglio dire, questa storia è piena di segni e mi sembra chiaro che li stai seguendo, quindi segui anche questo».

«Scusa se te lo chiedo ma mi sfugge il senso di questo segno.»

«Il segno è che è ora di finirla. Insomma, va bene indagare, studiare, spiare, niente di male. Però chi dorme non piglia pesci: è ora di scendere in strada e passare all'azione.»

Massimo la guardò perplesso: «Azione? Ma non è che invece mi si sta segnalando di lasciare perdere? Non faccio che illudermi in continuazione e alla fine mi ritrovo con un pugno di mosche. Cosa posso fare più di così?»

«Non ti viene in mente niente? C'è gente che per amore sposta le montagne, tu quasi non hai messo il naso fuori dal quartiere, di sicuro non da Roma. Non hai saltato un giorno di lavoro, non hai preso un treno, un aereo, non ti sei fatto prestare una macchina...»

«E daje con 'sta cosa di saltare il lavoro, ma sei fissata? Secondo la tua visione romantica se uno non si rovina vuol dire che non ama? E poi ho fatto delle lunghissime passeggiate!»

«Troppo facile: hai giocato in casa. Roma, i fori imperiali, le fontane, *Rugantino*, il caffè... ma cosa credi? Che quella sia una sciacquetta qualunque? Allora non mi è chiaro perché te ne sei tanto innamorato. È vero che a volte si prendono delle cantonate ma con tutto quello che hai puntato a questo giro vale la pena di andare a vedere.»

«Non sapevo che giocassi a poker!»

«Infatti non ci gioco ma per farsi capire da voi uomini bisogna usare concetti terra terra tipo *chi non risica non rosica* oppure le grandi frasi retoriche: *possono toglierci la vita ma non ci toglieranno mai la libertà*!»

«Sono già commosso.»

«Se non mi fai finire ti faccio piangere davvero. Dunque, il concetto è: se la ami così tanto e non ci puoi fare niente, ti conviene pensare che lei sia una persona splendida e straordinaria, solo molto difficile, e che il tuo amore è ben riposto. E pensi di poter conquistare una persona così straordinaria e difficile con quei mezzucci? No, quelli possono andare bene per cominciare, infatti sono andati bene per cominciare. Ora però devi affrontare il drago, altrimenti come puoi pretendere di stare con una donna piena di dolore e trasformare questo dolore in felicità? Non è da tutti! Voi uomini la fate sempre troppo facile, poi venite a piangere...»

«A volte mi fai paura.»

«Perché ho ragione. E perché quando ce vo' ce vo'.»

«Certo che hai ragione. Hai ragione da vendere. Allora

dimmi: che devo fare, quale oceano devo attraversare a nuoto?»

«Mmh, fammi pensare... intanto hai detto che Dario le ha parlato da solo l'ultimo giorno, prima che partisse. Magari lui sa qualcosa in più... prova a chiederglielo, fagli capire che per te è importante. Poi, se necessario, puoi andare a trovare questo fantomatico notaio, quello saprà certo qualche dettaglio. Ma la cosa più importante è che devi andare da lei. Anzi, adesso ti prenoto subito un bel volo per Parigi. Questo vuol dire giocare: ti è chiaro ora?»

In effetti parlare con Dario poteva essere un'idea accettabile. È vero, aveva avuto un comportamento strano a riguardo, non c'era bisogno che glielo facesse notare Carlotta, ma l'equivoco di fondo è che fra uomini chiedersi una cosa equivale a un mezzo sospetto, un po' come quando arriva un avviso di garanzia che fa sembrare l'indagato già quasi colpevole. Ma forse era giunto il momento di parlare chiaro. Anche se questo voleva dire mettersi a nudo.

Doveva essere un discorso veramente confuso quello che Massimo spiattellò a Dario, sul pianerottolo, prima ancora che l'amico potesse farlo accomodare in casa, tanto che il vecchio barista sgranò gli occhi e si prese qualche secondo prima di rispondere.

«Mel? Oddio! Lo sospettavo che tu non avessi capito nulla ma non fino a questo punto. Mel? Ma se sta al... come si chiama? Ah, sì, al *Perla sces*!»

Dario si colpì ripetutamente la fronte con il palmo

della mano e un paio di volte sospirò senza decidersi a continuare. Massimo era talmente agitato che non si pose minimamente il problema di cosa fosse il posto che gli aveva indicato.

«Senti. Io non ti voglio tenere nascosto niente. Se non fosse che ho troppo rispetto per la memoria di tuo padre per mettermi al suo posto, ti direi che sei il figlio che non ho avuto.»

Quando cominciava con queste cerimonie c'era da stare sicuri che era arrivato un momento decisivo.

«Quindi non voglio toglierti niente, insomma sai che farei di tutto per aiutarti ma le cose devi andartele a conquistare. Inoltre sai che quando prometto prometto.»

Eh già. Perché se Dario prometteva il silenzio su qualcosa faceva fatica a rompere il vincolo anche con il suo migliore amico, per tutto il resto c'era Pino il parrucchiere.

«Tuttavia non credo di sbagliare o di tradire alcun segreto nel dirti che non hai capito una mazza. Cosa ci fai ancora qui?»

«Qui dove? È la mia città... dove dovrei andare?»

«Dove credi che sia l'amore della tua vita?»

«A Parigi.»

«E allora perché non sei a Parigi?»

«E daje! Ops, scusa... mi suona il telefono, devo rispondere, che è Carlotta. Pronto? Ehi ciao. Sì. Sì. Sì. A casa di Dario. Ah ah. Davvero? Stai scherzando? No, non sembri una che scherza, in effetti. Ok. Arrivo. Ciao.»

Massimo intascò il telefono poi si mise le mani sui fianchi e guardò Dario: «Ma che, ve siete messi d'accordo?»

«Di che parli?»

«Sì sì, fai il finto tonto! Mia sorella dice che ho un volo per Parigi tra due ore e mezzo. Praticamente avrei dovuto uscire di casa un quarto d'ora fa. E tu mi dici che non siete d'accordo?»

«Io posso tenere il bar.»

«Abbiamo un discorso in sospeso.»

«Tu sei in ritardo.»

«No, aspetta. Non mandarmi così allo sbaraglio. Come la trovo, insomma che faccio?»

«E che ne so? Io so solo che chiunque vorrebbe essere al tuo posto, chiunque vorrebbe poter correre dietro al proprio destino, quindi se non lo fai sei veramente un babbeo.»

«Ma va di moda insultarmi? Perché non mi aiuti, invece... cos'è questa storia della lettera della signora Maria che Geneviève ha ricevuto prima di partire? Gliel'hai data tu? Cosa mi stai tenendo nascosto?»

«Io? Figurati se ti tengo nascosto qualcosa! Te lo spiego in due parole, forse tre. In pratica mi chiama il notaio.»

«Quando?»

«Senti, hai poco tempo quindi non farmi l'interrogatorio e accontentati di quello che ti dico, che poi è quello che posso dirti. Dove eravamo rimasti? Ah, sì. Dunque, il notaio mi chiama, boh, sarà stato un paio di settimane prima della partenza di Geneviève, e mi dà una lettera dicendo che Maria mi lasciava l'indicazione di consegnarla alla ragazza solo quando mi fossi reso conto che lei era una bella persona e una degna trasteverina onoraria.»

«Trasteverina onoraria?»

«Ma sì, dài, è un modo per dire che insomma, se metti caso lei si fosse rivelata una persona brutta e antipatica, non gliela dovevo consegnare.»

«Ma non ti stava antipatica sul serio?»

«All'inizio sì, poi sono cambiate molte cose... a ogni modo, dopo quella sera del cruciverba, ho capito quello che intendeva Maria quindi ho deciso di darle la lettera, solo che lei stava partendo e ho fatto l'ambasciata giusto in tempo!»

«Ah, e perché Maria si sentiva in colpa?»

«Colpa? Ma di che stai parlando? Se era una santa! Maria aveva un tale rispetto per tutto che, sono sicuro, non può avere fatto niente di male in vita sua. Il suo unico difetto è che era troppo buona, le mancava quel po' di sano egoismo per pensare anche a se stessa. Pensava sempre prima agli altri, invece...» disse Dario. Il tono era accorato, con una punta di tristezza difficile da ignorare.

«Sì, lo so, non stavo certo accusando... Ma che c'era scritto nella lettera?»

«E che ne so io? Non faccio la spia di professione, che pretendi?»

«Giusto.» In una recrudescenza di senso di colpa per avere curiosato nel diario di lei Massimo pensò: Non sono tutti come me.

Dario gli schioccò le dita davanti agli occhi: «Ci sei? Sei ancora tra noi? Non so se vuoi perdere l'aereo o cosa, però io ti consiglierei di muoverti».

«Sì», rispose Massimo, poi gli prese un attacco di ansia, «e quando arrivo là che faccio? Non ho il suo numero, non ho l'indirizzo...»

«Vabbè, ma tu non sai badare a te stesso. Spero proprio che riuscirai a conquistartela, per il tuo bene.»

Detto questo, Dario prese un foglietto dal tavolino del telefono e trascrisse due indirizzi dalla sua agendina.

«Questa è casa sua, quest'altro è Mel, come dici tu...»

«E che aspettavi a darmeli?»

«Che me li chiedessi! Che vuoi, sempre la pappa pronta? Ora però devo salutarti: ho qualcosa sul fuoco e tu un volo da prendere!»

Dario gli voltò le spalle e sparì in cucina, ma la sua voce si fece sentire un'ultima volta: «Lo so che sei ancora lì! Cosa stai aspettando? Vai e torna vincitore oppure non tornare affatto...»

Massimo capì che non c'era altro da aggiungere e lasciò l'appartamento dell'amico accarezzando ogni dettaglio con lo sguardo come se fosse l'ultima volta.

Ancora una corsa a casa dove lo aspettava Carlotta, che aveva tentato di fargli la valigia, ed era pronto a partire. O quasi...

«Ma che è, sono venuti i ladri? Che hai combinato?»

«Non è colpa mia se tieni le cose in posti assurdi, avresti proprio bisogno di qualche lezione di economia domestica!»

«Be' se proprio devo mi sa che non scelgo te come insegnante, se non ti offendi: guarda che roba, sembra passato l'uragano Katrina!»

«La smetti di perdere tempo? Ti arriva un taxi a San Callisto tra un quarto d'ora. Anzi dieci minuti. Scarsi.»

«Ma voi mi volete morto di crepacuore! Dite la verità, vi siete messi d'accordo per l'eredità, manco Agatha

Christie... ma io ora faccio un salto dal notaio e vi scomunico tutti e due.»

«Per quello mi sa che devi andare in Vaticano e non farai mai in tempo!»

In breve Massimo si ritrovò in strada con una borsa mezza storta e piena di bubboni che probabilmente conteneva parecchie cose inutili e non conteneva parecchie cose utili.

Da lontano vide l'*hipster* sotto il portone con un enorme scatolone fra le braccia che lo salutò con un cenno del capo. Massimo pensò che forse avrebbe potuto chiedere qualche informazione anche a lui ma ormai quell'immeritata aura di antipatia non riusciva proprio a togliergliela, e poi non poteva davvero permettersi di perdere l'aereo.

30

Se scappi ti sposo

NON si può dire che Massimo fosse un viaggiatore, anche perché, come diceva sempre lui, se stai già nel posto più bello del mondo chi te lo fa fare di andartene in giro?

Però se la cavava sempre senza troppe agitazioni. Anche all'estero, quelle volte che ci era stato, si era servito senza timidezza di quel poco di inglese e quel tanto di italianità che rendeva più facile ogni comunicazione.

Ma quel giorno all'aeroporto era piuttosto agitato: il mondo, che di solito era sempre stato la sua scatola magica piena di meraviglie e di misteri, oggi gli sembrava più simile a una giungla ricca sì di misteri, ma oscuri e pericolosi. Un po' era la sensazione di avere tanto da perdere, un altro po'... forse si era fatto condizionare dalla lettura del diario di Geneviève. Ora la sua visione della realtà insidiosa e illusoria, la sua paura degli altri e in un certo senso di se stessi, gli erano entrate dentro e per empatia le provava anche lui.

Non che volesse vivere nel terrore, ma si era reso conto che c'era un lato oscuro con il quale è obbligatorio fare i conti e che lui aveva sempre finto di non vedere. Geneviève gli aveva aperto gli occhi su questo, così come lui era convinto di poterle aprire gli occhi sul lato luminoso, in modo che poi, insieme, potessero raggiungere uno squilibrato equilibrio che comprendesse *yin* e *yang* e li portasse a una felicità vera e profonda.

Dario l'aveva fregato: non gli aveva detto quanto sapeva e quel foglietto con gli indirizzi era come dire: «E poi non dire che non te l'ho detto», ma alla fine, a conti fatti, non gli aveva detto un bel niente.

E cos'era mai questo «Perla sces», luogo di residenza di Mel, che Dario aveva nominato come se desse per scontato che lui lo conoscesse? Probabilmente un grande ospedale o qualcosa del genere.

Ormai aveva superato i controlli di sicurezza, si era tolto le scarpe e la cintura, aveva fatto suonare il metal detector con la collanina di sua madre (e fu come se lei avesse dato la benedizione a questo viaggio... oppure era un fosco presagio di qualche inconveniente?), aveva percorso venti chilometri per raggiungere il gate giusto e stava aspettando dietro le vetrate con vista sulla pista.

Ancora una volta il diario di Geneviève fece sentire la sua influenza e Massimo si convinse che in quel trafficatissimo terminal le variabili da tenere sotto controllo erano talmente numerose da rendere facile, per non dire quasi ovvio, un imminente incidente.

Ma meglio morire volando da lei, concluse. Però riuscì a convincere solo una parte del proprio parlamento interiore e ne seguì un dibattito degno della camera dei deputati italiana, con accorati interventi fiume, applausi provocatori e qualche animosità. Il capogruppo dei radicali minacciò polemicamente di abbandonare l'aula, e quando il debole governo di transizione sembrava destinato alla sfiducia saltò fuori inaspettata una mozione proposta da un cane sciolto eletto dagli italiani residenti all'estero che mise d'accordo tutti e fu votata all'unanimità: cose mai viste! Si girò e con passo deciso si avviò al bar del terminal, l'ultimo segno di civiltà prima della terra di nessuno.

Ci dev'essere una statistica in materia, ma, a naso, i bar dell'aeroporto aumentano i prezzi a misura che ci si avvicina al gate: mentre quelli nell'area comune sono quasi normali, da dopo i controlli di sicurezza cominciano a sparare sempre più in alto fino a giungere a quell'ultima propaggine capace di chiederti due euro e mezzo per un caffè guardandoti anche con la faccia di chi ti sta facendo un favore. Ma questo è il grande problema di fare il caffè migliore di tutta Roma, che è quasi come dire d'Italia escludendo Napoli – soltanto perché se apriamo una discussione con i napoletani non ne usciamo più –: non puoi bere il caffè da nessun'altra parte perché in ogni caso sarebbe disgustoso. E poi se doveva dirla tutta Massimo aveva bisogno di qualcosa di più forte. Il suo sguardo fu attratto da una bottiglia di Laphroaig, perché quando si fa qualcosa bisogna farlo bene.

Questo era quello che ci voleva per mettere d'accordo gli uno, nessuno e centomila Massimo che gli urlavano nel cervello: rapido e indolore come un decreto legge che aumenta il rimborso spese dei deputati.

«Un Laphroaig doppio. Con ghiaccio», si limitò a dire, poi estrasse una banconota da venti e la posò sul bancone. È vero che non si trattava di un vodka Martini, agitato, non mescolato, ma lui, facendo tintinnare i cubetti e annusando il malto che si sprigionava nell'aria, si sentì misterioso e scaltro come James Bond.

Dopo mezzo bicchiere gli girava già la testa e quando l'ebbe finito era piuttosto confuso ma, sempre per quel concetto di prima che quando si fa qualcosa bisogna farlo bene, ne ordinò un altro, sacrificando il resto dei venti.

Ora il volo non faceva più paura. Massimo scrutò l'ambiente circostante alla ricerca di possibili individui sospetti ma il risultato fu tranquillizzante.

Mancavano ancora quindici minuti all'imbarco. Si frugò le tasche in cerca di inutili monete e dopo una serie di calcoli che si potrebbero paragonare per complessità all'integrale di un'equazione di mezza pagina, si rese conto che sommandole all'esiguo resto che il barman gli aveva lasciato sul bancone di vetro opacizzato, davano esattamente la cifra di otto euro. Né più né meno. Il prezzo esatto di un Laphroaig doppio con ghiaccio. Questo gli parve un segno del destino e ne ordinò un altro.

Gli aerei si muovevano sulla pista come i pianeti nel sistema solare: seguivano orbite indipendenti ma condizionate dalla vicendevole presenza e avevano un equilibrio tale da non scontrarsi mai (quasi). Il cestino mobile delle pulizie stava da troppo tempo davanti al bagno degli uomini. Che fosse qualcosa di sospetto? Al vecchio Bond non sfugge niente ma non era ancora il momento d'intervenire. Massimo guardò l'orologio e si ripromise di tenere d'occhio l'addetto alle pulizie, niente niente che era uno scagnozzo della Spectre.

Naturalmente non poteva essere solo. Massimo si

rese conto che le telecamere di sorveglianza potevano rappresentare un problema, se nelle mani sbagliate. Era sul punto di afferrare un concetto che cercava di sfuggirgli dalla mente quando il barman interruppe il flusso dei suoi pensieri: «Scusi se mi permetto, ma lei che volo aspetta?»

Eh!? Ah, già. «Io? Parigi.» Ma nessuno gli tolse dalla testa che questa distrazione fosse stata orchestrata ad arte per impedirgli di capire...

«Allora forse le conviene affrettarsi...»

Massimo stava già per saltargli al collo, evidentemente anche il barman era un affiliato della Spectre, ma la voce dell'altoparlante lo richiamò all'ordine.

«Il signor Massimo Tiberi è pregato di recarsi urgentemente al gate B22 per l'imbarco immediato. Ripeto: il signor Massimo Tiberi è atteso con urgenza al gate B22.»

Si era sempre domandato come facesse questa gente, che aveva già fatto il check in e tutto quanto, a perdersi nell'aeroporto, tanto da dover essere richiamata al gate... ora aveva una possibile risposta.

Proprio mentre stavano ripetendo l'annuncio in inglese Massimo si precipitò all'uscita B22 e consegnò carta d'imbarco e documento d'identità. Frattanto fece in tempo a pensare che non era un bene che il suo nome fosse stato sparato ai quattro venti: c'era il rischio che gli saltasse la copertura.

Non c'è bisogno di dire che Massimo non era un gran bevitore.

Si allacciò la cintura di sicurezza molto stretta, cominciò a sentire un accenno di tachicardia ma era troppo intorpidito per darci peso. Voleva aver paura dell'aereo, perché se ce l'aveva Geneviève voleva dire che era giusto così.

Poi capì: quel whisky era drogato. Come aveva fatto a essere così ingenuo?

La testa gli ciondolò e proprio mentre si faceva strada tra le nebbie il pensiero che Geneviève fosse una spia russa, Massimo si addormentò.

Al momento di scendere dall'aereo aveva nel cervello un'intera corporazione di fabbri riunita per una gara di abilità all'incudine: il primo che gli avesse fatto esplodere la testa sarebbe stato insignito dell'onorevole titolo di mastro ferraio e premiato con l'ambitissimo martello d'oro.

Per questo motivo decise di badare alla sopravvivenza e di rimandare le operazioni di battaglia al giorno successivo. Prese un taxi e si fece portare all'indirizzo di Geneviève ma, di proposito, non degnò di uno sguardo il palazzo, perché non poteva permettersi di mandare tutto all'aria a causa dei postumi di una sbornia (*Mamma mia, non si può sentire...* Per fortuna la cosa sarebbe rimasta segreta per l'eternità), quindi si cercò una pensione in zona. Per una volta aveva fatto una cosa sensata rispettando un principio base dell'*ars vivendi* ancora prima che dell'*ars amandi*: non fare nulla di importante quando sei ubriaco o lo sei stato fino a poc'anzi, primo perché le conseguenze non saranno necessariamente rimediabili, secondo perché l'odore di alcol lo potete sopportare solo tu e i tuoi eventuali compagni di sbronze. Poi si infilò in un bistrò a prendere qualcosa da mangiare e ne uscì con una pessima impressione: si era sentito osservato e preso in giro, aveva avuto la sensazione che nessuno si sforzasse di capirlo o di farsi capire, come se la visita di uno straniero fosse paragonabile a quella di Godzilla o dello Yeti. Ah, questi francesi, che chiusura mentale, pensò mentre si affrettava alla sua pensione.

Non voleva ammetterlo ma quella città lo metteva un po' in soggezione e aveva voglia di trovarsi un rifugio anche solo temporaneo (gli venne in mente la tana dell'eschimese di Geneviève). Domani è un altro giorno.

Si svegliò affamato e attaccò *le petit déjeuner* come un selvaggio attirandosi parecchi sguardi di commiserazione che lo rafforzarono nella propria opinione sui francesi. Pagò, salutò per sempre la pensioncina e si preparò ad affrontare il destino come ci si prepara ad affrontare un leone a mani nude (appunto: come ci si prepara?).

La casa era esattamente come l'aveva immaginata. I negozietti del quartiere latino, dove probabilmente Geneviève andava ogni giorno a comprare la verdura e i fiori, lo guardavano sorridendo sornioni, suscitando la sua invidia che si irradiava su ogni centimetro di asfalto perché ogni centimetro di asfalto qui godeva del privilegio di vedersela passare sulla testa molto spesso. Nella sua mente distorta di innamorato, dimentico del carattere riottoso dell'amata, si immaginava Geneviève come una specie di Amélie Poulain, che trasformava in una favola ogni cosa che toccava o come la bambina di via del Campo: nascon fiori dove cammina.

Alzò lo sguardo agli abbaini lassù, a pochi centimetri dal cielo, e si immaginò la mansarda ancora più invidiabile che la ospitava dalla sera al risveglio, che l'accudiva quand'era malata, che ne raccoglieva persino le lacrime e ne spiava ogni sfaccettatura.

Poi deglutì un paio di volte e si decise ad attraversare la strada. Dal momento che lo fece continuando a guardare verso l'alto, rischiò di farsi investire da un furgone portavalori che gli suonò il clacson e lo insultò tramite la voce del suo autista. Per fortuna il soggiorno parigino si prometteva breve, altrimenti Massimo avrebbe rischiato seriamente di farsi mettere ufficialmente al bando entro una settimana, se proprio fosse sopravvissuto.

Cercò il nome sul citofono. Non era la sua specialità (effettivamente lo pensava un po' troppo spesso: cosa sapeva fare oltre al caffè e mettersi nei guai?), infatti gli capitava di confondersi con i vari nomi, di perdersi nella lettura, di dover controllare tre volte, di pensare di aver sbagliato indirizzo prima di trovare il cognome giusto soltanto scandendoli uno per uno. Doveva essere una questione di ansia, perché il colpo d'occhio non gli mancava, per esempio quando leggeva un libro era abilissimo a trovare doppi spazi e refusi vari, anzi, la cosa addirittura lo appassionava, tanto che gli sarebbe piaciuto fare il correttore di bozze, anche se gli avevano detto che era un mestiere ingrato e mal pagato (lui però continuava a pensare che guadagnarsi da vivere con un libro in mano fosse un grandissimo privilegio). Be', ci mise un po' ma alla fine trovò il nome. Per fortuna c'era, perché alcune caselle erano riempite soltanto con un numero, particolare che gli fece subito temere il peggio.

Era così semplice: G. Remi. Dietro quel portone c'era probabilmente un cortile pieno di vasi che una vecchietta tanto arcigna quanto graziosa innaffiava ogni sera e poi delle scale polverose e in cima la porta di casa, una porta di legno vecchia e cigolante come è giusto che siano le porte che si aprono su un favoloso mondo (di Geneviève, in questo caso).

Massimo schiacciò il tasto rotondo con il consueto rimescolio di stomaco che gli faceva sperare e temere allo stesso tempo. Seguì un brusio. Ci siamo, si disse. Invece no. Premette nuovamente e nuovamente attese, questa volta decisamente più voglioso di ricevere una risposta. Riprovò e provò ancora anche se ormai l'aveva capito: non c'era nessuno.

Passarono una decina di minuti nei quali tentò altre volte, fino a quando qualcuno non decise che era ora di finirla.

Se era la vecchina dall'aspetto arcigno e il cuore grazioso che bagnava i fiori la sera non è dato saperlo, di sicuro però in questo caso si limitò a mostrare solo il primo e apostrofò Massimo con voce da cornacchia dalla finestra del primo piano.

Non era facilissimo comprendere le sottigliezze retoriche del suo discorso, ma poteva essere qualcosa come: «Allora! Balordo che non sei altro, hai finito di suonare? Vai a ubriacarti da un'altra parte o chiamo la polizia!»

Massimo si spostò giusto un istante prima che arrivasse la secchiata d'acqua, il che gli confermò che la sua traduzione non si discostava di molto dalla realtà.

Il ragazzo del chiosco dei fiori gli strizzò l'occhio ma Massimo pensò che potesse trattarsi di una trappola e tirò dritto in cerca di un taxi.

Non gli rimaneva che tentare il piano B e raggiungere

l'indirizzo di Mel. Non aveva avuto il tempo e la testa di informarsi su cosa fosse esattamente questo «Perla Sces», che poi non si scriveva così – con il francese lui proprio non ci azzeccava –, ma gli bastò mostrare all'autista il foglietto con l'indirizzo senza bisogno di ulteriori discorsi.

Quando scese dall'automobile si accorse che la struttura in questione non aveva tanto l'aspetto di un ospedale.

Mel era morto. Certo. Massimo rimase a bocca aperta a contemplare l'ingresso del cimitero, famoso per tutti tranne che per lui. Mel è morto, si ripeté cercando di valutare l'impatto di questa scoperta. In un certo senso rendeva la situazione più semplice, però Massimo era dispiaciuto perché sapeva quanto Mel fosse importante per Geneviève.

Quando trovò un impiegato a cui domandare dovette umiliarsi a chiedergli in un francese irripetibile l'ubicazione della tomba di un certo Mel, il che rese la giornata del funzionario inaspettatamente allegra (Massimo formulò un corollario alla propria teoria sui francesi: il francese più simpatico, a parte Geneviève, è quello che invece di insultarti ride di te).

Dopo essersi sbellicato senza ritegno, il fosco inserviente scosse la testa e iniziò a interrogare Massimo alla ricerca di un'informazione qualunque che lo aiutasse in quella che sembrava letteralmente una missione impossibile. Digitò parecchie formule magiche sulla sua tastiera, sempre rigorosamente scuotendo la testa. Poi fece una breve telefonata durante la quale continuò ad annuire e dire: «Aah-ah, aah-ah, *oui*».

Infine stampò un foglio e lo porse a Massimo.

«*Transféré.*»

«*Ah. Merci.*»

Il buon uomo aggiunse, indicando a tutto braccio la propria destra, che però la tomba di Jim Morrison era in quella direzione, come se ritenesse impossibile che uno straniero se ne andasse di lì senza farci almeno una capatina.

Nel frattempo l'attenzione di Massimo era stata rapita da un paio di dettagli che al momento superavano di gran lunga l'interesse per il vecchio Jim, con rispetto parlando.

Il primo è che a quanto pareva la salma era stata trasferita da pochissimo in Italia e più precisamente a Roma, al cimitero del Verano.

Il secondo era che il nome per esteso del defunto in questione era Melisse Remi, nata nel 1983 e morta nel 1996. Quindi non poteva essere altro che sua sorella.

Massimo si scusò con Jim Morrison ma decise di rimandare la visita alla sua tomba a un momento più tranquillo e si avviò... ma veramente non sapeva bene dove.

Il puzzle era più chiaro, eppure sempre nebuloso. E soprattutto dov'era finita Geneviève se sua sorella era stata trasferita a Roma? Non osava sperarlo.

Estrasse il telefono. Aveva bisogno di chiamare qualcuno. Ma, a quanto pare, era stato preceduto: c'era un messaggio di Carlotta. «Se fossi in te tornerei a Roma di corsa!»

Ora quantomeno sapeva dove andare: fermò un taxi e si fece portare all'aeroporto.

Per sicurezza chiese se fosse il caso di preoccuparsi.

«Io credo proprio di no. Solo corri e non fare più domande», fu la risposta.

Brava lei, pensò, la fa facile: non fare domande. Forse mi dovrei ubriacare di nuovo. Ma anche no.

Epilogo

ORMAI era ufficiale: Massimo aveva fatto sua per osmosi la fobia dell'aereo. Ma aveva in mano anche l'antidoto, sotto forma di penna e taccuino acquistati nell'attesa (ai soliti prezzi democratici del terminal che se non spendi più che per il viaggio poco ci manca). Scrivere l'avrebbe calmato, così come si diceva nel quaderno di Geneviève. Non solo, l'avrebbe aiutato a chiarirsi le idee. Provò a buttare giù le domande che gli affollavano la mente e si rese conto che erano potenzialmente infinite.

Dov'è lei ora?

Cosa c'entra la signora Maria con questa storia?

Di cosa è morta Melisse (pensare alla morte di una ragazza così giovane che avresti potuto ancora chiamarla bambina era semplicemente troppo doloroso e devastante... ora capiva quell'ombra di dolore che circondava Geneviève senza lasciarle tregua)?

Che ne era stato di Nanà?

Nanà era forse quella famosa Teresina di cui aveva parlato la signora Maria (questa domanda aveva una probabile risposta ed era sì, visto che le coincidenze erano troppe)?

Cosa ne sapeva Dario?

Perché Carlotta gli aveva intimato di tornare?

E di nuovo: dov'è lei ora? Dov'è lei ora? Dov'è lei ora?

Mentre lo stomaco di Massimo si dilatava e stringeva come una fisarmonica seguendo gli sballottamenti post-decollo, lui si disse che era un peccato morire adesso con tutte quelle domande da fare, e che le domande vanno fatte sempre alla prima occasione, così come le cose vanno dette alla prima occasione, così come i baci vanno dati e anche gli abbracci.

Stranamente il velivolo giunse tutto intero all'aeroporto di Fiumicino – niente esplosioni, niente dirottamenti – e a quel punto Massimo aveva avuto abbastanza tempo per approfondire in ogni sfumatura le informazioni acquisite e le questioni insolute. Ma, come spesso accade in questi casi, l'eccessiva rimuginazione tende a sporcare i risultati iniziali e a preparare pericolosi tranelli frutto della distorsione (un giorno un suo amico scacchista gli aveva detto che quasi sempre la mossa migliore è una tra le prime prese in considerazione anche perché in quel momento la mente è fresca e riesce a considerare meglio i pro e i contro; invece, pensa che ti pensa, quando alla fine ti salta in testa una nuova strategia apparentemente geniale è proprio il momento in cui il cervello, stufo e affaticato, è probabile che stia prendendo una sonora cantonata).

Comunque: a furia di pensare e ripensare, Massimo scendeva dall'aereo sano e salvo ma con la quanto mai fastidiosa sensazione di saperne anche meno di prima.

Saltò sull'ennesimo taxi per il ritorno a casa più emozionante che si potesse immaginare.

E in effetti quando scese dall'auto a San Callisto fu tentato di darsela a gambe per il timore di non reggere l'emozione ma decise, come aveva fatto altre volte, di correre incontro al destino che tanto temeva. Letteralmente: perché se corri forte, magari lasci indietro la paura.

Poi vaglielo a spiegare a Pino il parrucchiere che stava uscendo dal bar *Tiberi* e si ritrovò per terra schiacciato dal titolare dell'esercizio spuntato da chissà dove.

I due si rialzarono da quel goffo abbraccio e Pino si rassettò la giacca, si ravviò i capelli e si spolverò i pantaloni con una flemma irritante.

«Scusami davvero, Pino, ma sono di fretta!»

«Davvero? Non me n'ero accorto! E comunque se proprio te lo devo dire è inutile che corri. Oltre che pericoloso.»

«In che senso?» gridò Massimo con il poco fiato che gli era rimasto.

«Nel senso che ormai sei stato sostituito e non credo che ti sarà molto agevole riconquistare il posto. Ma dove vai?»

Massimo non lo degnò di una risposta e si precipitò nel bar. Si faceva fatica a vedere dietro il bancone a causa dei soliti corvacci appollaiati sui loro sgabelli.

«Ah, Mino! Chi non more se rivede!»

«Ma guarda che ce siamo adattati bene anche senza di te!»

Massimo si sporse oltre il banco e finalmente riuscì ad ammirare nel suo splendore il barman che aveva preso il suo posto, anche se barman non era la parola più adatta.

Infatti la creatura che si nascondeva dietro la vecchia Gaggia era quanto di più femminile lui potesse immaginare. E si muoveva tra rotelle, tasti, rubinetti e sbuffi di vapore con la perizia di un comandante di lungo corso sommata per una rarissima alchimia alla grazia di una principessa.

Ma Massimo tendenzialmente vedeva soltanto gli occhi. Due occhi verdi, luminosi e brillanti che sbucavano dalla frangetta e rendevano secondario ogni altro dettaglio, tipo respirare o curarsi del giudizio dei presenti. Ora capisco cos'è il canto delle sirene, fece in tempo a pensare mentre volava verso di lei e la stringeva nell'abbraccio più sospirato della sua vita.

Mettere in imbarazzo la clientela abituale del bar *Tiberi* era una missione impossibile, infatti gli avventori, dal primo all'ultimo, si scatenarono in battute, applausi e commenti di ogni tipo come se stessero partecipando in prima persona al bacio mozzafiato che stava andando in scena.

Massimo e Geneviève, rossi come dei peperoni, furono costretti a fare un inchino alla platea in delirio, dopodiché cercarono un modo per rimanere soli.

«Mio caro Dario, vedo che te la stai cavando alla grande quindi, se non ti dispiace, noi andiamo a farci un giretto.»

Fu il giretto più breve della storia. Bastarono tre minuti per raggiungere l'appartamento di Massimo.

Nonostante avessero mille cose da dirsi, non riuscirono a superare quelle due o tre frasi di circostanza perché era troppa l'urgenza di mordersi, fondersi, bersi, spiaccicarsi.

D'altra parte anche James Bond terminava ogni missione in questo modo, quindi non c'era niente di male.

E, visto che gli innamorati non ne hanno mai abbastanza, Massimo e Geneviève non riuscivano quasi ad aspettare che sparisse il fiatone e che i battiti ritornassero normali senza ricominciare a baciarsi, di quei baci che partivano piano e poi alzavano la posta fino a giocarsi di nuovo tutto in una lotta dove non era possibile perdere né arrendersi.

Si addormentarono abbracciati e si risvegliarono abbracciati e a quel punto avevano di nuovo energie da spendere.

Quando decisero di farsi una doccia venne naturale farla insieme per continuare a studiare la pelle e le ossa dell'altro, che riuscivano a combaciare con tanta naturale perfezione.

Solo dopo molte ore Massimo riuscì a sfoderare il proprio elenco di domande. Perché l'amava sempre di più, perché voleva sapere tutto di lei, perché avrebbe voluto vedere com'era da piccola e conoscere ogni istante della sua vita.

Fu allora che Geneviève con pazienza, con qualche sforzo perché voleva la stessa cosa ma non le era facile riattraversare il dolore di certi momenti, gli raccontò quello che aveva vissuto e quello che aveva scoperto ultimamente nella ricostruzione del collage della propria esistenza.

Non fu un racconto lineare. Partì dal fondo, dalla notte di San Lorenzo, quando Geneviève, dopo aver capito di amare una persona, forse per la prima volta nella sua vita, aveva sognato la sua sorella gemella. Melisse nel sogno stava annegando e la chiamava. Lei che era stata sempre quella più forte e indipendente ora chiedeva a gran voce il suo aiuto.

Era un sogno premonitore: la mattina successiva le aveva telefonato il custode del cimitero dicendole che la tomba si era allagata e che lei doveva tornare d'urgenza a Parigi.

Poi c'era stata la lettera.

Dario l'aveva seguita fuori dal bar, quel giorno, e le aveva dato una lettera da parte della signora Maria. «Se devi andare, vai», le disse, «sono sicuro che hai dei buoni motivi, ma prendi questa lettera che Maria ha lasciato per te. Ho aspettato di conoscerti un po' meglio, come voleva lei, e credo che tu sia una bella persona... spero di rivederti presto. Ricordati che, come si va, si può anche tornare.»

Geneviève la tirò fuori dal portafoglio dove teneva il foglio ripiegato, insieme con la foto di Maria e Nanà, perché quella spiegava i passaggi mancanti.

«A volte pensiamo che sono solo parole e invece quelle parole possono cambiarti la vita se arrivano al momento giusto o se non arrivano *pas du tout*...»

Massimo la guardò stringere la lettera nelle mani. E la ascoltò.

Geneviève e Melisse erano cresciute dalle suore di Saint-Germain. Della mamma, Nanà, avevano un ricordo che sbiadiva con il tempo. Un giorno le aveva abbandonate alla stazione. Ed era sparita.

Le suore di Saint-Germain si erano occupate delle piccole, che all'epoca avevano cinque anni. Due gocce d'acqua nell'aspetto, Melisse e Geneviève avevano due personalità completamente agli antipodi: la prima esuberante, solare ed energica; delicata, sensibile e silenziosa la seconda.

Erano inseparabili.

Poi arrivò la signora Marceau. La signora Marceau era ricca di famiglia e viveva in una bellissima villa nel centro di Parigi. Ma la sola cosa che avesse desiderato non aveva potuto averla. Nonostante fosse sposata da anni non era riuscita a diventare mamma. Veniva sempre a trovare gli orfanelli e con il tempo trovò con Geneviève un'affinità elettiva dettata da una sensibilità molto simile e da parecchi interessi in comune. Senza troppe parole le due riuscivano a comprendersi.

Dopo qualche mese la signora Marceau chiese alla madre superiora di poter adottare la ragazzina, che aveva ormai tredici anni.

Questa era una speranza che avevano tutti gli orfani. Ma quando Geneviève capì che la richiesta riguardava solo lei e non la sua inseparabile gemella, rifiutò l'offerta: «Senza di te non vado da nessuna parte», le disse.

Melisse invece decise che almeno una di loro aveva diritto a una vita diversa. Quella notte dormirono abbracciate ma all'alba si staccò da Geneviève e, mentre le suore erano impegnate nelle preghiere mattutine e il resto del mondo era ancora addormentato, attraversò i corridoi semibui del Saint-Germain e si gettò dalla finestrella in cima al campanile.

Geneviève, come aveva promesso, non andò da nessuna parte senza di lei. Non passò settimana senza recarsi sulla tomba della sorella e rilesse tante di quelle volte il biglietto che Melisse le aveva lasciato, persuasa però di non poter mai più volare, come un'aquila con un'ala sola.

Dopo aver raccontato tutto questo a Massimo, che la guardava con gli occhi lucidi e il respiro mozzo, Geneviève fece un gran sospiro e fissò con i suoi occhi verdi, resi ancora più brillanti dalle lacrime, la lettera che teneva in mano. E cominciò a leggere:

Cara Geneviève,

non spero di ottenere il tuo perdono con questa lettera, quello solo Dio me lo potrà concedere, ma voglio rispondere alle domande che forse ti perseguitano da una vita. Scusami se non lo faccio di persona, ma non avrei il coraggio di guardarti negli occhi. Io sono vecchia e non mi rimane tanto davanti. Ciò che ho scoperto mi ha fatto soffrire molto, e l'unica mia speranza è che almeno tu possa capire, darti delle spiegazioni, perché hai tanta vita davanti e non ha senso che il tuo passato la rovini. Se ti stai chiedendo come faccio a scriverti in francese, be', sappi che mi sono fatta aiutare dal notaio che è quasi il mio angelo custode, anche perché non volevo rivelare ad altri questa vicenda.

Ma è tempo di raccontare senza perdersi in ciance, tanto la verità è una sola, comunque la si dipinga.

Mi arrivò una lettera della mia adorata Nanà, di cui conservavo nella mia mente un ricordo prezioso, come di un gioiello smarrito da tempo. La credevo felice, a brillare di vita e di luce in un altro Paese, e credevo sinceramente che mi avesse dimenticato.

Nella lettera c'era una foto di noi due prima che lei partisse. Com'eravamo felici, allora, e che tristezza mi fa pensare a quello che ci aspettava! Nella lettera Nanà mi raccontava quasi con vergogna della sua situazione. Di come vostro padre avesse preso il largo non appena aveva saputo la buona novella. Senza dire nulla, anzi, aveva promesso mari e monti e poi aveva varcato la porta per non tornare mai più. Lei vi ha tirato su contando solo sulle proprie forze. E non è finita qui. Io mi chiedo ancora adesso come possa la vita accanirsi così su una creatura tanto radiosa. Suo padre, vostro nonno, il famoso zio che l'ha portata con sé a Parigi lasciandomi priva della mia compagna di giochi, è morto quando voi eravate piccole lasciandole in eredità un bel po' di debiti. E se ci si trova in quelle spirali non se ne esce più. Lei non aveva colpe, ma gli interessi continuavano a crescere e sono arrivate anche le prime minacce. Quando mi ha scritto era disperata e mi chiedeva aiuto. Aveva paura soprattutto per voi due, piccole e indifese.

Purtroppo quella lettera è giunta nelle mie mani solo molti anni dopo, trovata dietro un mobile fisso della cucina che ho fatto spostare per un lavoro di ristrutturazione.

Chissà come c'è finita, forse un colpo di vento... fatto sta che era troppo tardi. Non riesco a scriverlo senza rivivere lo struggimento di quel momento: non c'era più niente che io potessi fare. Erano passati anni e anni tra quando lei ha scritto e quando io ho letto. Ho subito presagito un senso di sventura, ma solo dopo aver fatto alcune indagini mi sono resa conto della reale portata di questa sciagurata situazione. Non ho figli, ma posso immaginare quale tremenda sofferenza provi una madre costretta ad abbandonare le proprie bambine. Credeva così di mettervi in salvo. Però non riuscì a salvare se stessa.

Ma il colpo di grazia l'ho ricevuto poco fa, quando il notaio, da me incaricato di rintracciarvi, mi ha raccontato di ciò che è successo a tua sorella. Non avrò mai il coraggio di guardarti in faccia, né voglio con la mia presenza rivangare le tue antiche sofferenze. Permettimi solo, per quanto poco possa valere, di renderti la vita un pochino più facile dal punto di vista materiale lasciandoti tutto quello che ho. Se hai nelle vene un po' dello stesso sangue di tua madre sei di certo una persona eccezionale e spero che la vita possa ridarti almeno una piccola parte di ciò che ti ha tolto.

Anche se non potrai mai perdonarmi.

Con affetto,

Maria

Massimo ascoltò in silenzio e alla fine la abbracciò sperando che la sola vicinanza potesse trasmettere quello che le parole non potevano dire.

Dopo una decina di minuti in cui le lacrime di entrambi si mischiarono sulle loro guance, lei riprese, come sovrappensiero: «*Oui*... destino... Pensa: un colpo di vento o chissà cosa, una busta perduta e cambia una vita, che se ne porta dietro altre due. Ma il passato è passato, non si può cambiare. Ora il cerchio è chiuso, perché solo conoscere la verità dà un piccolo po' di pace. Adesso voglio solo guardare presente e futuro. Voglio essere felice, dici che me lo merito?»

«Io credo di sì», rispose lui guardandola negli occhi verdi.

«E tu? Tu cosa vuoi, Massimo?»

«Io voglio soltanto bere con te il primo caffè del mattino, mi basta questo. Ma dev'essere ogni mattina, per il resto della nostra vita. Ti va?»

E tu che caffè sei?

Sembra semplice, ma è la cosa più difficile del mondo. Il caffè è un micromondo, una *Divina Commedia* da leggere in trenta secondi, un caleidoscopio sensoriale. Come la personalità di un uomo, il caffè può essere classificato per comodità o divertimento in diverse categorie, ognuna con il proprio nome, ma la verità è che in fondo ogni singola tazzina è una storia a sé. C'è una perfetta coerenza che fa di questi elementi legati per metonimia un insieme solidale: il bar, come il caffè nella tazzina (e anche il chicco dal quale deriva, a ben vedere, ma forse conviene stare con i piedi per terra), come l'essere umano, accoglie in sé molti elementi diversi e contrastanti, ma rende la loro unione perfettamente naturale. Infiniti e multiformi esseri umani, dunque, ma visto che tutte le strade portano al bar (o almeno passano da un bar) è fondamentale che ognuno possa trovare il caffè giusto.

Espresso: è il caffè italiano per eccellenza, ottenuto dalla torrefazione e macinazione della specie Arabica, va servito in una tazzina in porcellana bollente per esaltarne il corpo, l'aroma e la crema (spessa qualche millimetro e di un colore tra il nocciola e il rossiccio). Il caffè espresso è per l'uomo o la donna che non devono chiedere mai, rappresenta la forza, la volontà di affrontare la giornata di petto, senza timore, dando l'impressione di sapere sempre cosa vuoi dalla vita. Chi lo prende zuccherato tradisce un fugace bisogno d'affetto, mentre i veri duri lo prendono amaro e lo bevono alla goccia, nascondendo l'ustione dietro la consueta maschera da Clint Eastwood.

Macchiato: si prepara aggiungendo al caffè espresso qualche goccia di latte freddo o caldo. Esprime indecisione, per la serie vorrei ma non posso, sogno di lanciarmi da un aereo in volo per provare l'ebbrezza liberatoria del vuoto, ma non lo farò mai perché ho troppa paura che il paracadute non si apra. Chi lo prende, in fondo, ordinerebbe volentieri un cappuccino ma forse non ha tempo oppure non vuole spendere.

Lungo: stesso procedimento dell'espresso, ma si lascia gocciolare di più per aumentare la quantità e diminuire la concentrazione. Per chi vuole prolungare il piacere e magari sorseggiare un istante di più quel momento di pausa aggrappato al bancone come fosse un'asse di legno dopo il naufragio. Il nostro naufrago non vuole prendersi il ceffone dell'espresso, forse perché ne ha già passate troppe, ma una piccola scossa elettrica non se la fa mancare.

Corretto: lo si ottiene aggiungendo al caffè espresso una correzione ad alto contenuto alcolico a piacere, i più indicati sono la sambuca, il mistrà, il brandy o la grappa. Un colpo al cerchio e un colpo alla botte. Di solito si prende più che altro perché si vuole bere qualcosa ma è troppo presto, quindi il caffè è solo una scusa per rendere la cosa più rispettabile. Merito non indifferente. Inoltre la caffeina ci permette di camminare dritti fino alla fermata dell'autobus, anche se la mente ha già cominciato a sognare e le passanti sconosciute ci sembrano per un istante più vicine.

Decaffeinato: si prepara come l'espresso usando però una miscela priva di caffeina. Chi lo prende è in fondo molto affezionato al rituale del caffè e non può fare a meno di quel momento profumato, che sia alla mattina o in fondo a un pasto. Però ha scoperto che troppi caffè gli fanno tremare le mani, o che il caffè dopo una certa ora non lo fa dormire, o che gli viene la tachicardia e via dicendo. Un'altra sfumatura del fascinoso rapporto tra caffè e ipocondria.

Al vetro: non cambia il contenuto, ma soltanto il contenitore (qualsiasi caffè in un bicchierino di vetro con manico di metallo in luogo della consueta tazzina di ceramica bollente). Di solito è per un problema di temperatura, raffredda più rapidamente, risparmiando parecchie visite al centro grandi ustionati. Però c'è anche chi lo prende per motivi igienici, secondo questo ragionamento: il bicchierino è meno usato quindi ci girano meno microbi. Tanto per rimanere in tema di ipocondria.

Caffè freddo: si versa un espresso con due cubetti di ghiaccio in un bicchiere e si mescola con un cucchiaio lungo. Per chi sogna un'amaca a ogni passo, con la testa è già in vacanza e gli pare quasi di sentire la brezza del mare sulla pelle scottata dal sole.

Marocchino: in tazza di vetro. Si copre il fondo di cacao, si riempie a metà di schiuma di latte e si completa con un espresso. Per chi è convinto che la scoperta delle Americhe sia l'evento più importante della storia. Per ogni persona a cui piace dare alle papille gustative una scarica elettrica con un defibrillatore naturale, dove l'amaro del cacao si unisce all'aroma del caffè generando un sorriso che l'accompagnerà per il resto della giornata.

Nocciola: in un bicchierino gelato si mette un bel cucchiaio di concentrato di nocciola, una stilla di crema di caffè e per finire un espresso fumante. Adatto agli amanti dei colori pastello, che sognano di passeggiare lungo la Senna in una sera d'estate e pensano che un caffè sia comunque un momento da ricordare.

Ristretto: è un espresso più corto e concentrato. Per chi ama le essenze e l'essenzialità, per chi preferisce usare gli oli invece che i profumi, per chi crede agli attimi fuggenti, per chi vuole portarsi in bocca il sapore rovente di un chicco e inorridisce al pensiero di bere un bicchiere d'acqua dopo avere degustato il caffè, per chi sa essere forte e risoluto e prima di andare alla cassa dice: «Suonala ancora Sam!»

Schiumato: tazzina bollente, caffè espresso, due nuvolette di schiuma di latte adagiate con grazia quasi a formare una collina dei Campi Elisi. Per chi è dolce e un po' salato, per chi vuole tutto e subito, per chi è convinto che si possano amare due persone nello stesso momento, per chi viaggia a fari spenti nella notte per arrivare dalla pelle al cuore.

Caffè americano: si prende una tazza da cappuccino, ci si versa dentro un espresso leggermente lungo e si aggiunge dell'acqua calda. Per chi ama la notte prima degli esami, le pause lunghe, l'alba in piedi davanti alla finestra della cucina, i tramonti autunnali del Vermont seduti su un dondolo sotto il patio di una casa di campagna, il tepore della tazza colorata con scritto I LOVE NY da tenere tra le mani mentre soffia sul caffè bollente. Per chi assapora la vita un sorso alla volta e sogna un amore che brucia l'anima come la voce strascicata di Johnny Cash in *Walk the line*.

Caffè alla Nutella: si riempie di Nutella il fondo di una tazzina e se ne stende una striscia che prosegue fino al bordo, dove si poseranno la labbra del fortunato sommelier. Poi si riempie di caffè e si aggiunge una spolverata di zucchero a velo sulla Nutella a vista. Per chi ama le cose proibite e se chiude gli occhi un istante ritorna quel bambino che di notte affrontava con coraggio il corridoio buio e la sala da pranzo piena di fantasmi per ritrovarsi in bilico su uno sgabello della cucina, in punta di piedi, tremando nello sforzo di raggiungere il vasetto di vetro in cima alla credenza. E poi, seduto a gambe incrociate sotto il tavolo, immergeva il cucchiaino e se lo infilava in bocca chiudendo gli occhi proprio come fai tu adesso con quella tazzina in mano.

Caffè al ginseng: la persona in oggetto di solito preferisce passare il tempo nella palestra di yoga a respirare l'incenso, ad ascoltare le litanie degli antichi maestri orientali, a distendere il corpo e protendere la mente in direzioni indefinibili. Eppure immancabilmente passa anche lei (o lui) dal bar e, pur aspirando a una realtà diversa, lontana dal caos di tutti i giorni, qualche volta ha bisogno di quella botta di energia per calarsi nell'arena a lottare con i leoni. E allora che c'è di meglio di un caffè al ginseng per gettare qualche raggio della saggezza millenaria del Sol Levante sulle nostre piccole miserie quotidiane? Diffuso in Italia negli ultimi dieci anni, si prepara con una macchinetta apposita oppure con una polverina solubile in acqua bollente.

Shakerato: si mettono in uno shaker un paio di cubetti di ghiaccio e un abbondante caffè espresso, si agita e si versa lentamente in un calice, aggiungendo come firma d'autore una spolverata di amaretto in polvere. Per chi è elegante dentro e fuori e come James Bond potrebbe lanciarsi da un treno in corsa lottando con un energumeno con i denti d'acciaio e uscirne non soltanto illeso, ma soprattutto senza sgualcirsi il vestito. E sa che comunque vada la donna più bella finirà a letto con lui. Insomma, per chi ama lo stile e non può farne a meno.

Cappuccino: croce e delizia del barman alle prime armi, è legato a filo doppio all'arte di creare una schiuma di latte bella e abbondante. Il segreto è che il latte sia ben freddo, che il bricco di metallo non sia troppo pieno, che il beccuccio del vapore sia immerso al punto giusto, non troppo, altrimenti il latte si scalda e basta, e nemmeno troppo poco, altrimenti il latte schizza ovunque. Semplicemente bisogna trovare il punto giusto e il gioco è fatto: si gira la manopola e il vapore sfrigolando produrrà la schiuma perfetta. Poi si aggiunge la schiuma al caffè in tazza grande preparato nel frattempo. Alcuni dicono che il cappuccino è donna, ma lo prendono anche molti uomini. Cappuccino in realtà vuol dire volersi bene, fermarsi un attimo, fuggire in un mondo fantastico e rimanerci fino a quando non si cancella con il tovagliolo l'inevitabile sbaffo sopra la bocca che in certi casi coinvolge anche il naso.

In una prima versione avevo nervosamente scritto di fianco alla voce cappuccino: se bevete il cappuccino avete sbagliato libro.

Poi però mi sono reso conto che in fondo il caffè funziona come l'amore. Magari uno non ha ancora trovato la persona giusta, oppure l'ha persa per strada e adesso è bloccato dalla paura oppure è indeciso o magari soltanto stanco, ma in fondo la verità è una sola: l'amore c'è anche quando non c'è.

Così anche chi non beve caffè può godere dei suoi effetti nelle altre persone, nell'energia positiva e nell'inconfondibile profumo che si diffonde nell'aria delle mattine italiane.

Ringraziamenti

IL mio ringraziamento più grande va a Ricci, la mia compagna, per la sua infinita pazienza e per aver creduto in me senza se e senza ma.

Ringrazio dal profondo del mio cuore Catena Fiorello per avermi regalato un aquilone e incitato a farlo volare mentre correvo su per la collina.

Un grazie enorme alla mia agente letteraria Vicki Satlow per avermi dimostrato che quella trovata da Aladdin non era l'ultima lampada magica rimasta.

Ringrazio Mattia Signorini per i suoi brillanti consigli.

Ringrazio il mio amico letterario Nicola Balossi che ha reso i miei colori più vividi e le luci di Roma meno soffuse.

Ringrazio tantissimo le mie editor Giulia De Biase e Valentina Rossi.

Ringrazio il direttore editoriale Ornella Robbiati e tutta la Sperling & Kupfer perché dal giorno in cui ho letto *Le pagine della nostra vita* di Nicholas Sparks non ho fatto altro che sognare questo momento.

Infine un grazie a tutte quelle persone che in questi anni sono rimaste con il naso all'insù in attesa di vedermi toccare il cielo con un dito e a voi che avete deciso di leggere questo romanzo.

IN TUTTE LE LIBRERIE

il nuovo romanzo di

Diego Galdino

MI ARRIVI COME DA UN SOGNO

di cui proponiamo le prime pagine

Prologo

Paese mio ti lascio e vado via

Lucia premette la fronte contro il finestrino e guardò il paesaggio: voleva stamparselo bene in mente e portarlo con sé. Era felice di partire? Non lo sapeva neanche lei. Di certo, però, non poteva fare a meno di soffrire vedendo allontanarsi nella luce dell'alba il pugno di case note, la chiesa, il giardino della nonna, e giù in fondo il mare, mentre il taxi procedeva indifferente. Sì, soprattutto il mare siciliano le sarebbe mancato. E quella che da bambina chiamava la «spiaggia delle tartarughe», la più bella di tutto il lungomare di Siculiana. Insieme con il rumore dei passi di papà, il profumo di gelsomino di nonna Marta e gli odori buoni che fin dal mattino uscivano dalla sua cucina. Ah, già, poi c'era Rosario. Ovvio che avrebbe sentito anche la sua mancanza. Però un po' di lontananza di sicuro avrebbe fatto bene a entrambi, si disse, e tornò a guardare l'orizzonte e la striscia del mare, sempre più lontana. Lasciò che un senso di disagio la invadesse, quasi una sensazione fisica che dallo stomaco risalì fino al petto e non si fermò, come un veleno che dalle radici di una pianta si diffonde lento ma inesorabile fino alla foglia più alta. Si sentì incerta come non era mai stata. E se fosse stata tutta una pazzia?

Le tornarono in mente i discorsi di suo padre. «Ma cosa vai a fare lassù?» le aveva chiesto il giorno prima, sulla veranda di casa, interrompendo il concerto dei grilli, con lo sguardo fisso sull'agrumeto di famiglia come in cerca di ispirazione. «Tre mesi in un giornale… a fare che, poi? A che ti servirà? Certo, Roma è Roma, ma la tua vita è qui. E mica è una brutta vita, no?»

In effetti, da questo punto di vista il padre non aveva tutti i torti: la loro era una famiglia facoltosa, e quella di Rosario ancora di più – era figlio di un importante avvocato di Siculiana –, e ad attendere Lucia c'era un futuro tranquillo e agiato. «Non lo sai che chi troppo vuole nulla stringe?» aveva ripreso suo padre, instancabile nella sua tirata contro qualunque cambiamento. «Sei bella, sei intelligente, sei nata in una famiglia che molti ti invidiano e tu che fai? Te ne vuoi andare a caccia di farfalle come una bambina capricciosa? Lo so che sei testarda, lo sei sempre stata, e quando decidi una cosa non c'è modo di farti cambiare idea… Ma ricordati che presto dovrai imparare a stare al tuo posto e a comportarti come una donna matura. Quindi vai, vai pure, dimostra quello che devi dimostrare, ma alla fine di questi tre mesi torna e casa e comincia a fare la tua vita.»

Lucia non sopportava di sentirlo parlare così. Avrebbe voluto rispondergli senza quei mezzi termini e quelle buone maniere che l'avevano sempre frenata. Avrebbe voluto dirgli che si stava sbagliando, che quello non era un capriccio, ma il sogno di una vita che finalmente si stava per realizzare. Allo stesso tempo, le si stringeva il cuore a vederlo così, e avrebbe voluto chiedergli scusa di procurargli tante preoccupazioni, di rovinare i programmi che aveva immaginato per la sua unica e adorata figlia.

Avrebbe voluto dirgli tutto questo, ma non le uscì una parola. Lui la guardava con un'espressione tra il duro e il dispiaciuto, mentre lei aveva già gli occhi che brillavano di lacrime. Alla fine se n'era andata, per non scoppiare a piangere lì, come una bambina, il giorno prima di partire. Perché suo padre non riusciva a comprendere quanto fosse importante per lei quella partenza? D'accordo, lui aveva altri progetti per sua figlia, ma era davvero così difficile capire la sua esigenza di andarsene, almeno per un po'?

E se invece avesse ragione lui? Ora che era seduta in quel taxi, il dubbio si insinuava sempre più insistente nella sua testa. Cosa ci andava a fare nella capitale lei che non aveva nemmeno il fegato di rispondere a suo padre? Cosa cercava nel mondo lei che non era in grado di farsi comprendere nemmeno dalle persone che l'amavano? Vacillò di nuovo. E, disperata, fece l'unica cosa che poteva fare. Chiamò sua nonna.

«Pronto?» rispose una voce allegra.

«Nonna? Ti disturbo?»

«No, cara, figurati, cosa ti viene in mente? Tu non mi disturbi mai.»

«Che stai facendo?» chiese, tirando su col naso.

«Non dirlo in giro, ma sto per mettermi a fare yoga», replicò la nonna in tono cospiratorio.

CONTINUA

Stampato presso ELCOGRAF S.p.A.
Stabilimento di Cles (TN)

Prova d'acquisto
978-88-6836-114